아침은 언제 오는가

태학산문선
기획위원 : 정 민·안대회

태학산문선 114 아침은 언제 오는가 – 이학규 산문선

초판 제1쇄 발행 2006년 12월 30일   초판 제2쇄 발행 2008년 2월 29일
지은이 이학규
옮긴이 정우봉
펴낸이 지현구 **펴낸곳** 태학사 **등록** 제406-2006-00008호
주소 경기도 파주시 교하읍 문발리 파주출판도시 498-8
전화 마케팅부 (031) 955-7580~2 편집부 (031) 955-7584~90 **전송** (031) 955-0910
홈페이지 www.thaehaksa.com **전자우편** thaehak4@chol.com

ⓒ 정우봉, 2006
값은 뒤표지에 있습니다.

ISBN 978-89-5966-128-2 04810   ISBN 978-89-7626-530-2 (세트)

* 이 책은 BK21고려대 한국어문학교육연구단의 지원을 받아 간행되었습니다.

아침은 언제 오는가

이학규 산문선

이학규 지음
정우봉 옮김

태학사

일러두기

1. 이 산문집은 『낙하생집洛下生集』(필사본 20책, 한국문집총간 영인본)
   에서 간추려 뽑아 번역한 것이다.
2. 작품마다 원제목을 고려하여 역자 편의에 따라 새로운 제목을 붙였
   다. 편지글 중에는 받는 사람이 누구인지를 밝히지 않고 원제목이
   '답答', '여與'로 되어 있는 경우가 많은데, 이를 '답모인答某人', '여
   모인與某人'으로 바꾸었다.
3. 주석은 꼭 필요한 경우에만 달았다.
4. 작품 뒤에는 작품을 이해하는 데 도움이 될 설명과 감상을 붙였다.
5. 원문은 표점을 붙여 책 뒤에 수록하였다.
6. 내용 이해에 도움이 될 만한 도판과 사진을 몇 가지 수록하였다.

태학산문선을 발간하며

현대의 인간은 물질의 풍요 속에서 오히려 극심한 정신의 황폐를 느낀다. 새 천년의 시작을 말하고 있지만 미래에 대한 전망은 여전히 불투명하다. 심심찮게 들리는 인문정신의 위기론에서도 우리는 좌표 잃은 시대의 불안한 징표를 읽는다. 모든 것이 불확실하고 혼란스러운 현실이다. 지향해야 할 정신의 주소를 찾는 일이 그리 쉬워 보이지 않는다. 밀려드는 외국의 담론이 대안이 될 것 같지도 않다. 그렇다고 그것을 대신할 우리 것을 찾아보기란 더욱 쉽지가 않다.

옛 사람들은 무슨 생각을 하며 살았을까? 그때 그들이 했던 고민은 지금 우리와 무관한 것일까? 혹 그들의 글쓰기에서 지금 우리의 문제에 접근하는 실마리를 열 수는 없을까? 좁은 시야에 갇히지 않고, 총체적 삶의 자세를 견지했던 옛 작가들의 글에는 타성에 젖고 지적 편식에 길들여진 우리의 일상을 따끔하게 일깨우는 청정한 울림이 있다. '태학산문선'은 그 맑은 울림에 귀를 기울이고자 한다.

세상은 변해도 삶의 본질은 조금도 변한 것이 없다. 그들이 일상에서 길어올린 삶의 의미들은 지금 우리에게도 여전히 뜻깊게 읽힌다. 몇 백 년 또는 몇 십 년 전 옛 사람의 글인데도 낯설지 않고 생경하지 않다. 이런 글들이 단지 한문이나 외국말, 또는 지금과는 다른 문체로 쓰여졌다는 이유 때문에 일반 독자들과 만날 수 없는 것은 참으로 안타까운 일이다. 좋은 글에는 향기가 있다. 좋은 글에는 글쓴이의 체취가 있다. 그 시대의 풍경이 배경에서 떠오른다. 글은 시간과 공간의 제약을 뛰어넘는다.

1930년대 중국에서는 임어당 등의 작가들이 명청明淸 시기 소품산문의 가치를 재발견하여 소품문학 운동을 전개한 바 있다. 낡은 옛것이 이러한 과정을 거쳐 다시 의미를 얻고 생생한 빛을 발하게 되었다. 이제 본 산문선은 까맣게 존재조차 잊혀졌던 옛 선인들의 글 위에 켜켜이 앉은 먼지를 털어내어 새롭게 선뵈려 한다. 진정한 의미의 '옛날'이란 언제나 살아 있는 '지금'일 뿐이다. 옛글과의 만남이 우리의 나태해진 정신과 무뎌진 감수성을 일깨우는 가슴 설레는 만남의 자리가 되었으면 한다.

정 민 · 안대회

차 례

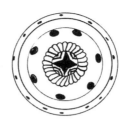

버림받은 영혼의 절망과 우수 – 이학규론

1.

나는 낙하생洛下生 이학규李學逵(1770~1835)를 떠올릴 때마다 그가 겪어야 했던 24년의 긴 유배생활이 어떠했을까 상상해본다. 1801년 그의 나이 32세에 경상도 김해로 유배를 떠나 1824년 55세에 유배가 풀릴 때까지 이학규는 김해 지방을 한 발자국도 벗어나지 못하였다.

30대 초반에서 50대 중반의 시기는 가장 왕성하게 활동하고 자신의 뜻을 펼치는 시기가 아닌가. 이학규는 이 인생의 황금기를 멀고 먼 김해 지방의 한 이름 없는 유배객으로 지내야 했다. 그는 유배 기간에 사랑하는 아내의 죽음을 보았고, 인자한 어머니를 저 세상으로 떠나보내야 했으며, 어린 두 자식을 잃어버리는 고통을 견뎌야 했다.

유복자로 태어난 이학규에게 있어 어머니와 아내는 그의 고단한 삶을 지탱하여 주는 힘이었다. 하지만 그는 유배지에서 그들의 죽음을 지켜보지도 못한 채 소리 없는 울음을 삼켜야 했다. 또한 첫 번째 아내가 죽은 후 그를 정성스럽게 돌보던 진양 강씨는 딸을 낳은 지 며칠 만에 눈을 감고 말았다. 그에게 불행은 연달아 닥쳤던 것이다. 이학규李學逵는 다산茶山 정약용丁若鏞에게 보내는 편지에서 다음과 같이 자신의 불행에 대해 절절하게 토로한 바 있다.

> 아아! 남쪽으로 유배를 와서 지낸 지 20년이 되는 동안 혹독한 형벌이 남보다 심해 사람 노릇을 할 수 없었습니다. 집을 떠나온 지 4년 정도 되었을 무렵 어린 자식의 죽음을 전해 듣고 홀로 목이 메었습니다. 15년이 되었을 때에는 아내가 세상을 떠나니, 거처하는 곳에다가 신위를 임시로 만들어 놓고 한번 통곡하고 상복을 입을 뿐이었습니다. 마지막으로 19년이 되던 해에는 늙으신 어머니마저 세상을 등지셨으니, 하늘입니까? 사람입니까? 누가 이러한 악독한 짓을 한단 말입니까?
>
> (다산 정약용에게 보낸 편지 「答丁參議若鏞書」)

하지만 그의 불행은 유배가 끝난 후에도 계속되었다. 고향집으로 돌아온 이학규에게는 삶을 꾸릴 만한 터전도 없었고 자신을

질시하고 꺼리는 사람들 틈에서 더 이상 머물 수 없었다. 그래서
정처 없이 여기저기를 떠돌며 지내야 했다. 유배가 풀린 뒤에도
어느 한 곳에 정착하지 못한 채, 경상도 김해 지방을 오가면서 곤
궁한 생활을 할 수밖에 없었다.

2.

이학규는 서울 정동에 있는 외가집에서 유복자로 태어났다. 17
세기 후기 이래로 남인이 정치권력에서 소외되고 그 내부적 분열
상까지 드러내고 있었던 정치적 상황에서 그의 집안(平昌李氏)은
비록 크게 현달하지는 못했지만, 문과 급제자가 계속 나고 할아버
지 동우東遇가 승지 벼슬을 지내는 등 명망 있는 양반 가문의 하
나였다. 조부 때부터 거처하였던 그의 집(지금의 서소문 밖)에는
조촐한 정원과 천여 권의 장서가 꽂힌 서가가 있었으며, 영서嶺西
지방에 약간의 토지를 소유하고 있었다.

그는 어린 시절을 줄곧 외가에서 보내면서 외할아버지 이용휴
李用休와 외삼촌 이가환李家煥으로부터 문학을 익히고 학문의 기초
를 닦았다. 이용휴와 이가환은 18세기 문단의 참신한 문풍을 주도
하였던 남인계 문인학자로서, 이학규의 문학 세계에 많은 영향을

『洛下生稿』 상 첫 장, 일본 동양문고 소장본

　　주었다. 또한 그는 이용휴, 이가환, 정약용 등 성호계 문인과 학자
들의 학문적 풍토에서 성장하였는데, 정약용과의 빈번한 서신

왕래를 통해 현실주의적 문학의식을 적극적으로 수용하였으며, 유배지에서의 생활체험에 기초하여 김해 지역의 민간 풍속과 농촌 주민들의 생활상을 밀도 높게 형상화한 다수의 작품을 창작하였다.

문학과 문자학에 뛰어난 재능을 인정받은 이학규는 26세 때 벼슬하지 않은 신분으로 『규장전운奎章全韻』의 편찬에 종사하였으며, 서적의 정리와 국문 번역에 종사하는 등 정조의 문화 사업에 참여하였다. 이때의 일을 이학규는 "옛날 정조 19년에 규장전운을 간행하여 반포하였는데, 내가 실제로 교정하는 일에 종사했다. 협운叶韻을 넣어야 할 때에는 간혹 내 한 마디 말로 해서 넣기도 하고 빼기도 하였다"고 술회하였다.

그러나 19세기의 시작을 알리는 1801년 천주교 사건(신유사옥)에 연루되어 24년의 오랜 유배생활을 겪어야 했다. 그는 외삼촌 이가환李家煥, 구촌 숙부 이승훈李承薰, 인척 정약용 형제 등과 함께 감옥에 갇히게 되었다. 그 후 혐의가 없다고 풀려났지만 그의 재주와 학문을 시기하는 세력들에 밀려 전라도 화순으로 유배를 가야 했다.

그는 얼마 뒤 일어난 외종형 황사영의 백서帛書 사건으로 서울로 압송되었다. 재차 조사를 받았지만 혐의가 없는 것으로 판명되었다. 하지만 유배지가 김해로 변경되었을 뿐 달라진 것이 없었다. 24년의 유배생활이 끝나서야 자유의 몸이 될 수 있었다.

　1824년 이학규의 장남이 의금부에 소청을 하여 유배지에서 풀려나 고향에 돌아왔지만 그를 반겨주는 사람은 아무도 없었다. 여전히 그를 미워하고 질시하는 세력들의 압박은 계속되었고, 서울에서 살아갈 만한 경제적 형편 또한 제대로 갖추어져 있지 못하였다. 이때의 사정을 그는 다음과 같이 적어 놓았다.

　　저는 지난 봄 성은을 입어 고향으로 돌아와 조상 무덤을 찾아 뵈었습니다. 그때 문득 남쪽으로 유배 갈 때의 일이 생각나더군요. 늙으신 어머님께서는 문을 열고서 눈물을 흘리셨고, 처자식들은 서로 바라보며 통곡하였었는데, 이제는 쓸쓸히 한 줌의 흙이 되어버렸답니다. 사람이 목석木石이 아닐지니, 간장肝腸이 얼마나 남아 있겠습니까? 조그만 집은 담장조차 없고, 어린 손자들은 한참 동안 물끄러미 쳐다보다가 그제야 절을 하고, 며느리는 낯설어 하면서도 눈물을 머금으며 흐느끼면서 안부를 물어보더군요. 이에 하루 종일 크게 토하고는, 겨우 기운을 차리고서 서울에 들어왔습니다.

　　　　　　　　　　　　(김면운에게 답한 편지 「答金勉運書」)

　55세의 늙은 몸으로 돌아온 고향이었지만 그를 맞아준 것은 초라한 집 한 채였고, 낯선 며느리와 손자들이었다. 집안은 풍지박산이 났고 여전히 자신을 질시하고 욕하는 이들이 주위에 포진하고 있었다. 평온과 안식을 가져다 주어야 할 고향이 오히려 낯설고 어색한 곳으로 비쳐지고 있다.

오갈 곳 없는 이학규는 서울에 오래 머물지 못한 채 충청도 충주 근처로 이주를 한다. 하지만 계속 그곳에 머물렀던 것은 아니고, 유배지였던 김해를 오가며 생활하였던 것으로 보인다. 이 무렵의 전후 상황에 대해 신위申緯(1769~1847)는 이학규의 죽음을 노래한 시 「이성수를 애도하며哀李醒叟」의 주석에서 이렇게 전하고 있다.

이학규는 서울로 돌아왔다가 충청도에 내려가 살고 있지만 사는 형편이 쓸쓸하여 아직도 천리 먼 김해의 소금 굽는 땅을 왕래하고 있다. 이것이 어찌 낯익은 곳이라서만이 그렇겠는가?

이학규는 아내를 잃고, 또 재취한 부인마저 잃고서, 두 아들을 데리고 몸소 불 때고 밥 지었다.

충주와 김해 등을 오가며 만년을 보내던 그는 1835년, 그의 나이 66세에 충주 근처에서 한 많은 삶을 마감했다.

3.

이학규는 경상도 김해 지방에서 24년의 긴 유배생활을 하면서 '송곳 끝을 세울 땅조차 없는' 빈한한 생활로 당장의 끼니를 걱정해야 했다. 항상 가난을 참고 견디어야 하는 그에게 그 가난과 고통은 벗어날 가능성이 없는 것이어서 더욱 절박하였다. 게다가 이학규의 유배지였던 김해 지방은 문화적 환경 또한 열악하여 학문적 토론과 저술을 지속할 만한 여건을 갖추지도 못하였다.

이곳은 바닷가의 외진 곳이어서 문인과 장서가라곤 아예 없습니다. 설사 있다고 하더라도 시골 훈장이 물려받은 자질구레한 책들과 아이들 가르치기 위한 보잘것없는 책들일 뿐입니다. 이때문에 사귀는 벗도 없고, 시름 속에서 무료하기만 합니다. 어쩌다가 봄가을로 날씨 좋은 날에 아름다운 경물을 보고 마음이 심란할 때면 더욱 억누를 수가 없어, 율시와 절구 몇 수를 지어 그저 번민을 풀 뿐입니다. 이른바 억지웃음은 즐겁지 않고, 노래가 통곡보다 슬프다는 격이지요.

(다산 정약용에게 보낸 편지 「答丁參議若鏞書」)

그는 정약용에게 보내는 편지에서 가세의 몰락, 가족과 친족의

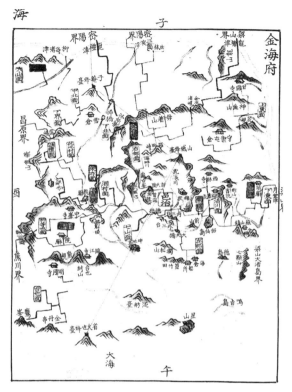

김해(『영남지도』), 18세기 중엽

죽음, 그리고 유배지의 문화적 낙후성 때문에 그 심적 고통과 불
행이 더욱 커졌다고 말하였다.

이학규 집안과 정약용 집안은 모두 남인 계통이었다. 그리고 두 집안은 대대로 혼인관계를 맺어 두터운 관계를 형성하고 있었다. 이학규의 부인은 나주 정씨인데, 정재만丁載萬의 따님이다. 아내 정씨는 다산 정약용과 10촌간이었다. 이 때문에 이학규는 다산 정약용을 '척장戚丈'이라고 불렀다.

김해 지방은 문화적 환경 또한 열악하여 학문적 토론과 저술을 지속할 만한 여건을 갖추지도 못하였다. 이학규는 가세의 몰락, 친척과 가족의 죽음, 그리고 유배지의 문화적 낙후성 등으로 인하여 그의 심적 고통과 불행은 더욱 커졌다고 말하였다. 이처럼 경제적 궁핍과 열악한 문화적 환경의 제약으로 말미암아 이학규는 학문적 연구를 체계적으로 계속해 나가기가 어려운 상황에서 자신의 불우한 처지에서 비롯되는 고독과 울분, 우수와 비애의 정감을 문학에 쏟아 부었다. 그에게 있어 문학은 단순한 소일거리나 취미의 대상이 아니라, 24년의 유배생활을 견디어 낼 수 있게 한 마지막 의지처였던 셈이다.

이학규는 구체적인 생활 현장에서 광범위하게 취재한 것을 바탕으로 하여 문학 창작활동에 전념했다. 그의 문인적 기질과 유배지의 낙후된 환경이 시인의 강렬한 창작 욕구를 분출시킬 수 있는 계기로 작용하여 풍부한 현실주의적 문학성과를 산출할 수 있었던 것이다. 정약용의 「전간기사田間紀事」에서 감발을 받고 쓴

「기경기사시己庚紀事詩」 등의 시 작품을 통해 백성들의 고통과 참상을 고발하는 한편, 김해 지역 백성들의 생활과 정서를 적극적으로 수용한「금관기속시金官紀俗詩」 등의 작품을 창작하였다.

이학규는 한시 방면에서도 훌륭한 성과를 많이 남기었지만, 빼어난 산문 및 소품 작품을 여럿 남기고 있다. 그는 19세기 전반기를 대표하는 주목할 만한 산문 작가 가운데 한 사람이다. 답답하고 불우한 심사 및 정신적 고뇌에 대한 자기고백적 진정眞情의 토로, 회상과 기억의 정조를 통한 삶의 애상과 우수의 표출, 그리고 간결하면서도 명징한 언어를 통한 한아한 삶의 추구 등은 그의 산문 세계가 보여주는 독특한 면모다.

이학규의 산문 세계에서 주목되는 것의 하나는 24년이라는 긴 유배생활을 하면서 겪어야 했던 자신의 정신적 고뇌와 갈등을 다룬 작품들이다. 그의 글은 오랜 유배생활을 겪어야 했던 한 실학적 지성의 고뇌와 우수를 기본 정조로 하고 있다. 아내의 죽음을 슬퍼하며 지은 글, 유배지에서 겪어야 하는 고통과 울분 등을 친구나 지인에게 숨김없이 토로하는 편지글 등에서 이 점을 확인할 수 있다.

그의 대표작의 하나인「의제정유인문擬祭丁孺人文」은 아내가 죽은 지 5년이 지난 1820년 추석을 맞이하여 김해 고을 사람들이 저마다 성묘를 하고 있는 날에 죽은 아내를 떠올리며 지은 것이다.

이학규의 부친은 22세의 젊은 나이로 세상을 떠났고, 유복자로 태어난 그에게 어머니와 아내는 정신적 의지처였다. 하지만 유배지에서 아내를 떠나보내고 홀어머니를 잃고 또한 두 자식마저 병으로 잃은 작가는 가슴 속에서 솟아나는 고통과 슬픔을 이기지 못하여 이 글을 짓게 된 것이다. 아내의 죽음에 대한 애통과 비애의 심정, 그리고 회한과 자책의 감정 등이 얽히고, 서정과 서사가 뒤섞이어 배치되고, 지난날의 괴로움과 오늘의 사별死別이 교체되면서 아내를 떠나 보내야 했던 작가의 슬픔을 매우 곡진하면서 절실한 언어적 표현을 통해 효과적으로 전달하고 있다.

이학규의 편지글은 자신의 불행한 처지와 암담한 상황을 직서하는 내용을 많이 담고 있다. 유배지에서의 고통스러운 일상이 손에 잡힐 듯 구체적이면서, 그리고 자질구레할 정도로 세세하게 그려지기도 하며, 유배객으로서 겪어야 하는 육체적 정신적 고통을 조금의 숨김도 없이 드러내 놓기도 한다. 그에게는 편지가 자신이 겪고 있는 절망과 고통의 내면을 고백하는 효과적인 형식인 셈이다. 그의 내면 깊이 자리한 번민과 슬픔을 때로는 직설적으로, 때로는 적절한 비유와 상황 설정을 통해 드러내는 데에 이학규 글의 특징이 자리하고 있다.

유배지에서의 고통 외에 가족사의 불행을 연이어 겪은 이학규는 자신이 살아가는 세계에 대해 감상적 태도를 자주 노출한다.

그러한 가운데 그는 자신이 살아가는 세계가 희망과 미래가 없는 참담하고 덧없는 것임을 이야기한다. 이학규는 암담한 현실로부터 벗어나는 한 방편으로 공상과 상념의 세계에 빠져들기도 한다. 그 대표적인 작품이 「비해譬解」다. 이 글에서 이학규는 춥고 굶주리고 번민이 쌓일 때, 고통과 절망이 심신을 덮쳐올 때, 자기의 상황과 처지보다 더한 경우를 상상하며 견딜 수 있는 힘을 끌어내려고 한다. 두려움 속에서 땅 속에 산 채로 순장당하는 사람이나 세상의 근심을 놓지 못하며 목숨을 놓는 사형수보다는 자신의 처지가 낫다고 자위하는 그의 처절한 처지가 참으로 가슴 아프게 다가온다. 근심과 고뇌에 쌓여 있을 때 그는 집안에 화를 입은 사람, 순장당하는 사람, 사형수 등을 떠올린다. 그 사람들을 떠올리게 되는 것은 아마도 자신의 체험과 기억의 바탕 위에서 이루어졌을 것이다. 신유사옥에 연루되어 감옥에 들어가고 가족들과 헤어져 유배지에서 긴긴 세월을 보내야 했던 이학규의 내면에 잠재되어 있던 과거 기억의 파편들이 어떤 계기에 촉발되어 만들어낸 상념들인 것이다.

다른 한편 이학규의 글에는 한아한 정취를 추구하는 내용을 다루는 것도 눈에 띈다. 그는 김해의 유배생활에 어느 정도 적응해 가면서 안정을 되찾아갔으며, 자신에게 주어진 운명을 그대로 받아들이려고 한다. 오랜 유배생활을 거치며 그는 점차 여유롭고 평온한 마음을 되찾아갔던 것으로 보인다. 작은 채마밭을 장만하여 오이, 가지, 참외 등을 심기도 하고, 작은 연못을 파서 물고기를 기르고 연못을 물끄러미 바라보기도 하는 등 한적한 정취를 추구하는 모습을 보여준다. 아울러 이같은 정취를 묘사하는 언어가 매우 간명하면서 깔끔하다는 점 또한 주목된다.

제1부

만남과 이별

이 아픔, 어찌 말로 다하랴 擬祭丁孺人文

낙하생洛下生이 남쪽 지방으로 유배 온 지 이십 년째 되는 경진년(1820)은 죽은 아내 유인孺人 정씨丁氏가 세상을 떠난 지 육년째 되는 해다. 이 해 추석날이 되자 고을의 부자, 아전, 군졸, 수의사, 말구종, 떡장수, 주모 등 온갖 사람들이 생선과 나물, 술과 과일을 싸들고 산에 올라가 무덤을 쓸고 차례를 지내며 죽은 사람의 혼을 위로하였다.

가슴 속에 묻어 두었던 지극한 아픔과 슬픔을 억누를 수 없어서, 이 글을 지어 죽은 아내의 무덤이 있는 곳을 향해 술잔을 올린다.

아아! 어찌 말로 다할 수 있으랴! 나는 태어나면서 복이 없었으니, 태어난 지 두세 살 되었을 때 아버님께서 나보다 다섯 달 먼저 돌아가셨다오. 나는 또한 몸이 허약하여 병에 잘 걸렸는데, 병

이 깊이 들면 돌아가신 어머님께서는 우시면서 이렇게 말씀하셨
다오.

"하늘이 네 아버지가 일찍 돌아가신 것을 안타깝게 여기고, 네
가 의지할 바 없음을 측은하게 여기시리라. 다행히 네가 장성하여
처자식을 둔다면, 나는 죽어도 여한이 없을 것이다."

비록 내가 어리석어 잘 알지는 못하였지만, 장성하여 처자식을
두어 어머님께 조금이라도 위안이 되기를 바라곤 하였다오.

아아! 어찌 말로 다할 수 있으랴! 나는 열다섯에 진천현의 관아
에서 당신을 맞이하였소. 장인과 장모가 돌아가신 지 십여 년이
되었고, 형제자매도 한 명 없음을 알게 되었소. 외로운 처지의 우
리 두 사람, 서로를 가엾게 여겼다오.

언젠가 당신은 울면서 나에게 이렇게 말하였소.

"여자가 시집을 오게 되면 부모와 헤어진답니다. 하물며 모실
부모님도 없고 의지할 형제도 없는 저 같은 사람에게는 더 말해
무엇하겠나요? 어찌 벼슬길에 나가기를 힘써 생각하지 않나요?
만약 훗날 앞에서 호령하고 뒤에서 뒤따르는 하인들을 두게 되거
든, 저의 부모님 무덤에 절을 하고 벌초도 해주세요. 돌아가신 부
모님께서 제가 잘 사는 걸 아신다면, 이는 정말 감격스러운 일이
아니겠어요?"

비록 내가 허랑하여 굳게 뜻한 바가 없었지만, 곧장 벼슬길에

나가 앞뒤로 호위하는 이들이 있기를 바랐다오. 그러면 당신 부모님 무덤을 찾아 절을 할 수 있을 것이오. 당신에게 그러한 기쁨을 하루빨리 줄 수 있기를 바라곤 했다오.

아아! 어찌 말로 다할 수 있으랴! 내가 당신의 얼굴을 못 본 지가 어언 20년이고, 편지를 받아보지 못한 것이 6년이구려. 생이별이 15년이요, 죽어 이별한 것이 또 6년이구려. 내가 만약 학문을 하지 않고 글도 몰랐다면 이러한 일이 있었겠소? 헛된 이름과 명예를 구하지 않았다면 이러한 일이 있었겠소? 그리고 예전에 이름난 학자와 높은 관료들이 나를 이끌어주지 않았다면 과연 이러한 일이 있었겠소?

내가 남쪽으로 유배를 와 살면서 온갖 괴로움을 겪었지만 당신은 그것에 대해 하나도 알지 못했겠지요. 당신이 집에서 홀로 살림을 하면서 온갖 괴로움을 겪었겠지만 나 또한 그것에 대해 하나도 알지 못하였다오. 다만 훗날 다시 만나는 날, 각자의 괴로움과 아픔을 밤을 새워가며 기뻐도 하고 슬퍼도 하며 이야기를 나누면서 이 세상 마치기를 바라고 또 바라고 있었다오. 하지만 이제는 끝났구려, 이제는 그 모든 것이 끝났구려.

아아! 어찌 말로 다할 수 있으랴! 당신은 나에게 커다란 은혜를 베풀었건만, 나는 그것을 하나도 갚지 못하였고, 당신은 지극한 슬픔을 지녔건만 나는 그것을 조금도 위로하지 못하였다오. 그러기에 나는 때때로 한밤중에 일어나 앉아서는 멍하니 바보처럼 생각에 잠기어 가슴 속이 타들어가는 것을 멈출 수가 없었다오. 내가 남쪽으로 오게 되자, 열서너 칸 되는 허술한 집은 지붕도 잇지 못한 채 몇 년이 흘러갔고, 영서지방에 있던 척박한 밭뙈기는 이미 반 넘게 팔아 버렸다오.

어머님께서 한평생 병으로 앓고 계시니, 당신은 빗질도 못하고 세수도 거른 채 날마다 삯바느질을 하느라 밤을 꼬박 새웠소. 그러면서도 맛있는 음식을 대접하고 약 달이는 일을 조금도 거르지 않고 15년을 한결같이 하였소. 매번 집에서 보내온 편지를 받아보면, 어머님께서는 당신의 효성에 대해 빼놓지 않고 말씀하였소. 그런데 당신은 자신의 괴로운 정황을 내게 한 마디도 말하지 않았지요. 이것은 진실로 큰 은혜이니, 다 갚을 수 없을 것이오.

당신은 평소 몸이 몹시 아파도 원망하거나 근심어린 말을 하지 않았고, 큰 병으로 죽을 지경이 아니면 아프다는 말도 하지 않았소. 내가 남쪽으로 내려오게 되었을 때에도, 떨어져 있는 괴로움과 헤어져 살게 된 어려움을 조금도 말하지 않았소. 십 년이 지나 수백 줄 되는 장문의 편지를 받아 보았는데, 거기에 이렇게 적혀 있었다오.

"흰 머리카락은 뽑을 수도 없게 늘었고, 부드럽던 피부는 쪼그라들어 버렸네요. 이러하니 부끄러워 당신을 다시 어찌 볼 것인지요?"

죽음의 그림자가 가까이 이르러 감정이 복받치고 마음이 다급하지 않았다면, 아마 이러한 말도 하지 않았을 테지요. 이것이 당신의 지극한 슬픔을 위로하지 못한 것이라오.

아아! 어찌 말로 다할 수 있으랴! 옛날 일이 기억나는구려. 내가 서울집에 있던 어느 초가을, 땔나무도 없고 끼니도 잇지 못할 지경이었소. 한번은 당신이 박고지를 삶고 냄새나는 된장으로 나물죽을 끓이고는 나에게 먹어 보라고 권하였소. 그때 나는 당신에게 먼저 맛보라고 권하면서 서로 바라보며 웃었던 적이 있었다오. 그 뒤로 가세가 더욱 기울어 아이들은 병들어 누워 있고, 박고지와 나물죽마저 맛보라고 권할 수 없게 되었소. 급기야는 계속된 굶주림에 자식마저 병을 얻어 죽게 되었소. 내가 당신과 이별하게 되자, 당신은 한 마디 말도 하지 않고 다만 머리를 숙인 채 내 옷자락을 어루만졌소. 그때 당신의 눈가에는 눈물이 어른거렸소. 그 뒤로 병이 깊이 들어 숨을 헐떡이며 흐느낄 때에도 나에게 한 마디 말도 건네지 못했다오.

아아! 어찌 말로 다할 수 있으랴! 옛날 당신이 젊었을 때엔 이는 옥처럼 밝았고, 눈썹은 곱고 길게 휘어져 있었소. 그런데 당신이 죽음에 임하여서는 얼굴이 초췌하고 검으며, 눈은 마르고 돌출되어 나왔다고 전해 들었소. 나 또한 날로 기력이 쇠하여, 이제는 늙고 머리 벗겨진 늙은이라오. 만약 백 년이 지난 뒤에 저승에서 다시 만난다면 당신은 여전히 나를 알아볼 수 있겠소? 나 또한 당신을 여전히 알아 볼 수 있을까?

아아! 슬프다. 흠향하소서.

이 글은 이학규의 나이 51세(유배생활 20년 되던 해)에 부인 정씨의 죽음을 애도하며 지은 제문祭文이다. 이학규는 15세에 동갑내기인 나주 정씨를 부인으로 맞이하였다. 유복자로 태어난 이학규와 양친을 일찍 여읜 정씨는 서로를 위로하고 의지하면서 결혼생활을 하였다. 그러나 1801년 그가 유배를 감으로써 그들의 결혼생활에는 불행이 드리워지게 되었다. 그는 24년의 오랜 유배생활 동안 이따금 전해오는 편지로 부인의 소식을 접할 뿐이었다. 남편과 생이별하게 된 부인은 홀어머니를 모시며 병간호를 해야 했고, 어려운 살림살이에 삯바느질로 생계를 꾸려가야 했다. 그러던 중 1815년 유배생활 15년째 되던 해에 아내와 사별을 하게 된다.

이 글은 아내와 사별한 지 5년이 지난 1820년, 추석을 맞이하여 죽은 아내를 떠올리며 지은 것이다. 이때 이학규의 어머니가 세상을 떠났으며, 두 아들 또한 병으로 죽었다. 아내를 떠나보내고 어머니를 잃고 또한 두 자식마저 병으로 잃은 그는 가슴 속에서 솟아나는 고통과 슬픔을 이기지 못하여 이 글을 짓게 된 것이다.

　위의 글이 주는 감동의 원천은 이학규와 죽은 아내 사이의 진실하고 친밀한 감정에 있다. 지난날을 회상하면서 아내와의 일화를 드는 데에서 이를 엿볼 수 있다. 그는 지난 시절 가난한 결혼생활에 아내가 손수 장만해 권하였던 박고지와 나물죽을 아내에게 다시 권하면서 서로 바라보며 웃었던 추억을 그리워하고, 유배지로 가기 위해 아내와 생이별할 때 아내의 눈에 고인 눈물을 기억하고, 죽을 때까지 남편인 자신에게 한 번도 고통과 아픔을 내색하지 않았던 아내의 모습을 떠올린다. 두 사람 사이에 간직된 진실한 애정의 밀도는 애틋하고 슬프다.

　아내의 죽음에 대한 애통과 비애의 심정, 그리고 회한과 자책의 감정 등이 얽히고, 아내를 떠나보내야 했던 그의 슬픔이 매우 곡진하면서 절절하게 전해지고 있다.

윤이 엄마 哭允母文

윤이 엄마는 진양晉陽 강씨姜氏로, 도광道光 원년 신사년(1821) 11월 4일에 아이를 낳다가 병에 걸려 9일 만에 저 세상으로 떠났다. 9일이 지난 기미일에 김해부 북쪽 10리에 위치한 산막골의 동남 방향의 언덕에 임시로 묻었다. 그 후 9일이 지난 정묘일에 남편인 평원平原 이학규가 술 한 동이와 고기 한 쟁반을 차려놓고서 생전에 술을 주고받는 것처럼 혼자 마시고 먹었다. 그리고는 평소 잠을 자던 곳을 향해 고하였다.

아아! 나의 삶은 명名과 실實이 어긋났네.
남쪽으로 온 지도 15년이 넘었을 때
부인 정씨가 고향 집에서 죽으니
생이별 끝나기도 전에 사별이 이어져
가슴이 꽉 막힌 양 눈물도 흐르지 않았다오.

이따금 탄식하면서 마음 속으로 헤아려 보았지만
내 운명이 이처럼 모질 줄은 생각지 못하였소.
성 남쪽 집은 풀이 무성하고 땅은 진창이라
아이들 네댓 명에게 책 읽기를 가르치는데
닷새에 한 번 세수하고 열흘 만에 머리 한 번 빗었다오.
그곳으로 음식 내오는데 푸성귀에 매조미쌀
방석은 닳고 닳았으며 버선은 뚫어져 발등이 드러났지만
그것을 달게 여기며 편하게 잠자고 먹었다오.
남들은 덥수룩한 머리에 하얀 피부를 한 나를 보고 놀랐다오.
정축년(1817) 겨울에 이웃 노파가 찾아와 말했지요.
"이웃 마을에 여인 혼자 살고 있는데
어려서 가난하여 자수성가 이루었고
형제도 없고 친부모도 없는 몸으로
음험한 자들을 힘껏 물리쳤답니다.
외로운 사람끼리 서로 의지해 남들 괄시를 막으십시오.
한 번 말을 건네 보시면 필시 들어줄 거요."
내가 그대를 만난 지 이제 5년이 되었구려.
기묘년(1819) 여름에 어머님께서 돌아가시니
하늘과 땅이 무너져 생사의 기로에 있을 때
상복을 입혀주고 미음을 끓여 주면서 말했소.

"효도를 마치려면 상복 입고 제사지내야지요.
부모님에게 받은 귀한 몸을 훼손하지 마세요"
그대의 말은 맞는 말이고, 그대의 마음은 나를 슬프게 했다오.
귀한 손님이 찾아와 하인과 수레들이 이르면
특별한 안주거리 없어 청주에 잘게 썬 회를 대접했는데
손님들 돌아가자 나를 돌아보며 탄식하였소.
"벼슬은 하지 못했지만 벼슬아치들이 당신을 찾아오니,
저는 당신 운명이 활짝 펴지지 못한 게 슬프답니다.
혼자 몸이라고 생각지 마시고 저의 고생 마음 쓰지 마세요
하루빨리 성은을 입어 고향으로 돌아가세요"
올해 초겨울 홑이불은 다 해진 채
창가에 등불을 켜고 실을 잣고 있다가
나를 불러서는 말했소. "일어나서 좀 도와주세요."
집 한 편에 채소밭을 만들어 놓고
파, 배추, 겨자, 마늘을 가지런히 가꾸었다오.
그때 임신한 몸으로 허리를 구부리고 일하다가
호미를 내려놓고 가쁜 숨을 내쉬는데
나를 돌아보는 얼굴빛이 보통 때와 달랐고
눈가에 눈물 고인 채 고개 숙여 구석을 바라보았소.
우는 까닭을 물어보니 아이 낳는 게 걱정이라 답했다오.

그때 마침 나는 깊은 시름에 잠겨 절에 잠시 머물렀다가
하룻밤 자고 돌아와 보니 집안엔 인기척도 없이 고요하고
밥도 물도 먹지 않은 채 그릇들만 햇빛이 비추고 있었는데
돌아온 나를 보더니 환하게 화색이 돌았다오.
이튿날 새벽에 해산을 하여 딸을 낳았는데
아이를 낳고는 몸져 누워서는 숨을 헐떡이며 고통스러워 하였다오
감기 때문이라고도 하고, 혹은 어혈이 생겼다고 하였소.
오한에 몸이 춥고 가슴은 막히고, 입술은 오그라들고 다리가
떨리는데 약으로도 소용없고 의원도 어찌할 방도가 없었소.
당신이 죽던 날 까칠까칠한 목소리로 울음소리 삼키다가
내 손을 당기며 마치 무슨 할 말이 있는 듯
말을 할 듯 끝내 아무 말 못하고 눈을 크게 뜬 채 머뭇머뭇
슬프게 울지 않은 건 내가 더 슬퍼할까 걱정해서라네.
고개 돌려 포대기를 보더니 아이를 힘겹게 안고서
가슴에 품고 젖을 물렸는데 그 모습 슬프고 참담하였다오.
이렇게 영영 이별하게 될 줄을 누가 생각이나 했겠소?
아아! 이 아픔, 어찌 차마 말로 다하리오.
어느 누군들 감정이 없겠으며, 어느 누군들 한번 죽지 않겠소?
사람이 죽으면 슬퍼하는 건 모두 다 똑같다오.
그러나 내 마음을 그대만은 알 것이오.

홀홀 단신의 몸으로 말하였소 "당신을 믿고 의지할 터이니
배필로 맞이하여 주인처럼 모시겠습니다."
밤낮도 잊은 채 기름이며 소금이며 간장이며 단술 만들어
지극정성으로 봉양하며 내가 오래 살기를 빌었다오.
언젠가 당신이 내게 말했소. "한 살도 되기 전에
병에 걸려 젖도 못 먹고 매도 많이 맞았었지요.
지금 어른이 되어서도 어린애와 같아서
컴컴한 밤은 더욱 무서워 하니, 겁이 나고 두렵답니다."
어쩌다 내가 밤에 출타하여 술에 취해 돌아오는 날이면
등불을 켜고 기다렸는데 그 모습이 가여웠다오.
저승 세계는 그을음처럼 칠흑일 터이니
비쳐줄 등불도 없고 같이 있을 사람도 없겠지요.
인연이 끝나지 않았다면 저승에서 다시 만나리라.
마음만은 끊어지지 않아 꿈에 자주 보인다오.
응애응애 갓난아이에게 젖을 먹이는 당신의 모습.
지금 나는 아이를 안고 밥도 먹이며 걸음마도 시키고 있소
묵정밭이 조금 남아 있고, 집과 마당과 채마밭도 있으며
당신이 입던 옷가지도 남아 있으니
갓난아이가 크게 자라면 그걸 전해 주려고 하오.
내가 성은을 입어 조상 무덤을 찾아가게 되면

당신을 여기 두지 않고 관과 함께 돌아가겠소.
삼월 삼짇날과 추석날에는 잡초도 베고 나무도 심으리니
뼈를 드러낸 길가 죽은 시체보다는 나을 것이오.
당신이 이를 안다면 미련 갖지 말고 떠나기 바라오.
예전에 내가 이렇게 말하였소. "당신이 아이를 낳으면
이름을 '윤이'라고 합시다." 당신이 바로 윤이 엄마라오.
당신은 글자 모르니 글로 쓰지 않고
'윤이 엄마'라고 부르면 내가 여기 있다는 것이오.
혼령이 떠나면 다시 올 기약이 없지만
아직 떠나지 않았다면 당신은 아직 듣고 있으리라.
아아! 슬프다. 당신은 아직 듣고 있으리라.

이학규는 첫째 부인을 잃은 후 유배지의 진양晉陽 강씨姜氏를 아내로 맞아 5년을 함께 살았다. 그녀는 오랜 유배생활 속에서 암담한 나날을 보내고 있는 이학규를 위해 헌신적으로 가사를 돌보고 그의 처지를 잘 이해한 사람이었다. 진양 강씨는 혈혈단신 고단하게 살아가던 김해의 하층 여성이었다. 첫째 부인과 어머니마저 세상을 떠난 후 슬픔과 절망감 속에 살아가는 이학규에게 진양 강씨는 삶의 버팀목이 되어 주었다.

딸을 낳은 지 9일 만에 세상을 떠난 둘째 부인 진양 강씨를 위해 지은 이 글은 그녀의 고생스러웠던 삶, 정성 어린 내조, 출산 후 목숨이 다해가는 마지막 모습, 어둠을 무척이나 무서워했던 그녀의 성격 등을 이야기하며 진양 강씨에 대한 연민과 사랑의 감정을 절절하게 드러냈다. 특히 그녀가 마지막 숨을 거두는 모습을 묘사한 대목에 이르러서는 그의 슬픔이 극도로 고조되어 나타나 있다. 한 마디 마지막 말도 하지 못한 채 숨을 거두는 모습을 지켜보아야 했던 그의 아픈 마음이 눈에 선하다.

물거품 같은 인생 與某人

조금 추워지기 시작하는군요. 이곳 남쪽은 날씨도 좋고 생활도 나아지고 있습니다.

제가 생각하기에 사람의 감정은 자신이 처한 상황에 따라 달라지는 것이니, 불변하는 것이 아닙니다.

매번 이러한 상황을 보게 됩니다. 아이를 임신한 여자는 이 세상이 외롭고 험하며 자식 키울 곳도 없다고 생각하지요. 그때 그녀는 다른 여자들처럼 아이를 낳아 단 하루만이라도 아이와 즐겁게 지낸다면, 아이가 하루만에 죽어 곡을 하게 되어도 꾹 참고 슬퍼하지 않으리라고 생각한답니다. 그러다가 아이를 낳고 정성스럽게 키워서 그 아이가 옹알거리고 기어다닐 때가 되면, 아이에 대한 사랑은 더욱 깊어지고 소망은 더욱 간절해지지요. 하지만 흉악한 질병과 역질에 걸려 갓난아이는 죽게 되지요. 끝내는 가슴을 치고 발을 구르며 울먹이는 목소리로 오열을 한답니다. 이것이 바로 옛사람이 말한 '요즈음은 오직 눈물로 얼굴을 씻는다'는 것이지요.

예전에 아이가 똑똑하고 조숙하였던 것을 생각해보면, 지금 아이를 잃은 슬픔은 눈에서 뺄 수 없는 고통스러운 못과 같겠지요. 그러니 이제는 반대로 아이를 낳고 기르다가 일찍 죽은 것이 집안의 업보라고 하겠습니다. 이삭이 패지 못하듯이 요절할 것을 알았더라면, 애초부터 부모가 되지 않는 것이 더 나았을 겁니다.

문득 예전에 제가 겪은 일이 생각나는군요. 둘째 아이가 천연두를 앓다가 죽게 되었을 때, 아비를 부르고 어미를 찾으며 품속에서 몸부림치는 모습을 보았답니다. 그때는 가슴이 급히 뛰고 손발이 마구 떨려, 갑자기 높이 날아가고 멀리 달아나고 싶더군요. 눈앞의 참혹한 광경으로부터 벗어나고자 한 것이었죠.

작년 겨울에 인수옥因樹屋에 앉아서 집에서 온 편지를 보았습니다. 셋째 아이가 이질을 오래 앓다가 죽었다는 소식을 들으니, 저도 모르게 눈물이 줄줄 흘러 얼굴을 뒤덮었지요. 셋째 아이가 일찍 죽은 것이 한스러운 게 아니라, 그 아이가 죽던 날 얼굴 한번 보지 못한 것이 한스러웠던 겁니다. 이것은 마치 학질에 걸린 사람이 추울 때에는 천하 만물이 모조리 화산처럼 뜨겁게 타오르기를 바라다가, 열이 날 때에는 천하 만물이 모조리 찬 얼음처럼 뒤덮이지 않는 것을 걱정하는 것과 같은 이치랍니다.

아아! 삶과 죽음은 불변하는 것이 아니어서, 사람의 감정 또한 이에 따라 변화하기 마련이지요. 이 세상은 아지랑이와 물거품 같습니다. 모이고 흩어지며 즐겁고 슬픈 것이 그 얼마나 오래일 수 있겠습니까?

옛사람이 말하기를, "영원토록 정이 있는 사람이 되고 싶지 않다"라고 하였는데, 그 말은 그릇된 생각이랍니다. 제가 생각하기에, 사내대장부가 변고를 만나면 모름지기 무쇠를 씹어 잘라버리듯 조금도 동요하지 않아, 그러한 변고에 꺾이지 않아야 합니다. 이 말은 어린 자식을 일찍 잃은 사람을 위해 하는 말일 뿐만 아니라, 바로 저처럼 가슴 속에 한 조각의 쇠붙이도 없는 사람을 일깨우는 말이기도 하지요.

그대가 최근에 자식을 잃었다고 들었습니다. 예전의 저처럼 자식 얼굴을 보지 못한 것을 한스러워 할까 걱정해서, 구구하게 아뢰었습니다.

인정의 무상함에 대해 말하고 있는 이 글에서 이학규는 사람의 마음, 감정은 자신이 놓여 있는 상황과 처지에 따라 변화무쌍하다고 한다. 이 점을 그는 임산부의 심정 변화로 설명하고 있다. 갓난아기가 태어나기 전에는 하루만이라도 아기에게 젖을 먹일 것을 바란다. 그러다가 아기가 점점 장성하면 그 아이에 대한 사랑과 앞으로의 기대가 날로 커지게 된다. 하지만 그 아이가 전염병에 걸려 죽게 되면, 한없는 오열 속에 슬퍼하며 애초에 부모가 되지 않았으면 어떨까 생각해본다. 이학규 자신도 자식을 잃었을 때의 부모 마음에 대해 적고 있다. 둘째아이의 죽음은 자신이 직접 보았고, 셋째 아이의 죽음은 멀리서 소식을 통해 전해 받았을 뿐이다.

그는 아이의 죽음을 소재로 하여 인간 감정의 무상함, 삶의 덧없음을 말하고 있다. 그는 "이 세상은 아지랑이와 물거품 같으니, 모였다가 흩어지고 즐거웠다가 슬퍼하는 것이 그 얼마나 되겠습니까?"라고 말하고 있다. 아마도 오랜 유배생활 속에 지치고 힘든 나날을 보낸 그의 체험이 그 밑바탕에 깔려 있다고 생각된다.

옛 시절의 추억 大谷草序

　예전에 백진伯津(이학규의 종형從兄인 이명규李明逵)의 허름한 집이 반송방盤松坊 서남쪽 둥그재(지금의 서대문구 냉천동 뒷산) 아래에 있었다. 그곳에는 앵도나무가 자라고 있었다. 매년 봄마다 앵도나무 꽃이 활짝 피면 눈처럼 흰 꽃이 정원에 가득하였다. 백진이 그 사이에 작은 누각을 짓고서, 그곳에서 날마다 지내면서 시 짓기를 멈추지 않았다. 시 작품이 많아지자, 『주설루고朱雪樓藁』라고 불렀다. 대개 그 시들은 나와 화답한 것들이며, 나에게 글자 하나하나에 품평을 부탁했었다. 그렇게 십여 년을 하루처럼 보냈다.

　신유년(1801) 여름에 나는 전라도 화순으로 유배를 가게 되어, 그 누각 아래에서 백진과 헤어졌다. 그때 어머님과 아내도 모두 그 누각 바깥에서 눈물을 흘리며 이별을 하였다. 아침밥을 일찍 먹고 신을 신고서 누각 안을 한 번 둘러보았다. 벼루와 지필묵紙筆墨이 예전처럼 여기저기 놓여져 있었고, 아녀자들과 비복들이 바삐 출입하는 것 또한 전날과 같았다. 그 뒤로 그때의 일을 떠올릴 때마다, 마치 눈앞에 선하게 보이는 듯하였다. 이제 20여 년의 세월이 흘러, 살아있는 사람이라고는 겨우 어린아이 네댓 명밖에 없다. 누각은 이미 주인이 바뀌었고, 지금은 집을 부수고 재목과 기와를 팔아 버려 황량한 터만 남아 있을 뿐이다. 예전의 『주설루고』 원고는 어느 마을의 농가 주인에게 부탁하였는데, 그 주인이 이를 팔아 짚신을 사고 기와 덮는 비용으로 써버렸다고 한다.

갑술년(1814) 봄에 백진은 식구들을 데리고, 인천의 대곡大谷으로 돌아갔다. 대곡의 뒤편이 바로 소래산으로, 오대조五代祖 이래로 우리 집안의 선영이 거기에 있다. 이것은 이른바 '여우가 죽을 때에 머리를 고향으로 돌린다'는 것이 아니겠는가? 지금 세상에서 백진을 이렇게 비유할 수 있겠다. 시들어버린 낙엽이 나뭇가지에서 떨어져 땅 위를 이리저리 굴러다니면서도 여전히 옛뿌리를 그리워하지만 예전의 모습을 찾을 수 없는 것과 같다고 하겠다. 그러나 아름다운 경물을 만나 시상이 떠오르고 감정이 촉발되면 오언시, 칠언시, 잡언시 180여 편을 지었는데, 그것을 모아 『대곡초大谷草』라 하였다. 작년 겨울에 나에게 가지고 와 보여주었다.

아아! 지금부터 다시 20여 년이 지났을 때에도 백진과 나는 여전히 살아 있을까? 지금 머물러 사는 곳은 허름한 초가집 예닐곱 칸일 뿐인데, 그때도 여전히 부서지고 팔리지 않을 수 있을까? 그때도 여전히 180여 편의 시들이 시골 사람들에게 빼앗기거나 버려지지 않을 수 있을까? 모두 알 수 없으니, 백진 또한 응당 한 번 웃으며 그저 내맡기리라.

문집의 서문으로 써 준 이 글은 지난날의 행복했던 추억을 더듬어 보는 회상의 정조가 잘 드러나 있는 소품문이다. 백진伯津은 이학규의 종형從兄이 되는 이명규李明達다. 이학규가 김해에 유배가게 되자, 이명규는 그의 가족을 이끌고 인천에 있는 선영 밑에 살기도 하였으며, 유배지를 왕래하면서 다산과 낙하생 사이의 가교 역할을 맡았던 인물이다. 젊은 시절에 이학규와 시문을 많이 주고받기도 하였다.

이 글은 문집에 붙인 서문이지만, 통상적인 서문의 격식에서 벗어나 지난 시절에 대한 회상이 대부분을 차지한다. 이명규의 집에 있던 주설루라는 공간을 중심으로 시를 주고받았던 젊은 시절에 대한 추억, 그리고 그곳에서 유배지로 떠나기 위해 가족들과 마지막으로 헤어져야 했던 기억들을 떠올린다. 그것은 한편으로는 아름다웠던 추억이기도 하고 가슴 아픈 사연을 간직해야 했던 쓰라린 추억이기도 하다. 이 글은 작품 대부분이 이명규와 함께 하였던 지난 시절의 기억들을 회상하는 기법을 운용하여 인생의 무상감을 그려내었다. 작품 끝에서 "아아! 지금부터 다시 20여 년이 지났을 때에도 백진과 나는 여전히 살아 있을까? 지금 머물러 사는 곳은 허름한 초가집 예닐곱 칸일 뿐인데, 그때도 여전히 부서지고 팔리지 않을 수 있을까? 그때도 여전히 180여 편의 시들이 시골 사람들에게 빼앗기거나 버려지지 않을 수 있을까? 모두 알 수 없으니, 백진 또한 응당 한번 웃으며 그저 내맡기리라"라는 연속되는 물음과 회의 속에 삶의 덧없음에 대한 슬픔이 짙게 배어 나온다.

어린아이 우성돈의 죽음 哭童子禹聖敦文

경오년(1810) 8월 3일 을유일에 어린아이 우성돈禹聖敦을 땅에 묻으려고 한다. 나그네인 낙하생洛下生은 생전에 그 아이를 지극히 사랑했던 정이 있었기에 울음을 삼키며 글을 지어 고한다.

아아! 슬프다. 내가 고향집을 떠나 이 땅의 죄인이 된 지도 어언 10년이 되었다. 내 어린 자식들이 상투를 틀고, 상투 튼 자식들이 관례冠禮를 하고, 관례를 한 자식들이 다시 아이들을 낳아 품에 안고 있을 터이지만, 나는 한 번도 그것을 보지 못하였다. 태어난 자들은 병에 걸리고, 병에 걸린 자들은 일찍 죽고, 일찍 죽은 자들은 육신이 이미 썩었을 터이지만, 나는 한 번도 그것을 보지 못하였다.

네가 처음 나를 찾아왔을 때, 이제 막 서너 살이었다. 나는 네 용모가 파리하면서도 자못 빼어났으며, 대답하는 것이 조심스러우면서도 매우 민첩하였음을 기뻐하였다. 나는 또한 너의 마음가 짐과 행동에는 스스로 경계하고 조절하는 것이 있음을 기뻐하였다. 이어서 주자朱子의 『소학小學』 두세 편을 시험 삼아 건네주니 곧바로 낭랑하게 읽었다. 그리고 유성현柳誠懸의 서첩書帖 한두 줄을 보여주니 또한 바른 마음가짐으로 열심히 하였다.

나는 기쁜 마음으로 너를 보았다. 너는 나라에 경사가 있어 교서를 반포할 때면 내가 사면을 받을까 은근히 기대하였고, 복날과 섣달에 추렴해서 술을 마실 때면 내가 근심에 젖어 있을까 걱정하였다. 나는 또한 기쁜 마음으로 너를 보았다. 내가 꾸짖을 때에도 너는 원망을 드러내지 않았고, 심부름을 할 때에도 서둘러 급히 내달리지 않았다.

이에 나는 내 자식을 보지 못함을 크게 한스러워 하지 않고, 오직 네가 자식처럼 내 곁에 있음을 기뻐하였다. 그래서 나는 내가 알고 있는 지식을 다 쏟아 너를 가르쳤다.

아아! 슬프다. 네가 전염병에 걸린 것은 한편으로는 바쁘게 길을 쫓아다니느라 기운을 뺏기고 정신이 피로한 데에서 연유하였고, 다른 한편으로는 훈장의 엄한 다그침으로 인해 낮에도 쉬지 못하고 밤에도 잠을 자지 못한 데에서 연유하였다. 너는 일찍이 나를 보고 이러한 마음을 하소연하였다. 약 처방이 여러 가지인데도 제대로 살피지 않은 것은 너를 돌팔이 의사의 치료 대상으로 생각해서이고, 몸져누운 지 오래인데도 자주 찾아가 보지 못한 것은 너를 구덩이에 버려져 있는 것으로 생각해서이다.

너에 대해 차마 잊을 수 없는 일이 있구나. 네가 전염병에 처음 걸렸을 때 내가 한 번 찾아갔었는데, 너는 곧바로 힘을 다해 벌떡 일어났다가 다시 쓰러졌다. 그래도 나에게 소생할 방도가 있는가를 바랐던 것이다. 비록 아프고 힘들어 울고 흐느끼면서도 울음을 삼키지 않은 적이 없었다.

아아! 슬프다. 살아 있을 때에는 병에 걸리지 않도록 이끌지 못하였고, 병이 들었을 때에는 또한 이별을 붙잡지 못하였다. 대개 이유가 있지만 말로 할 수 없는 것이 있는 법인데, 너만이 어찌 헤아리지 않겠는가?

지금은 가을바람이 불어 날씨가 선선하고, 장맛비가 그치었다. 울타리 사이를 보니, 푸른 꽃과 붉은 열매가 네가 살았을 때 돌보던 것이 아님이 없고, 창가를 보니 주묵朱墨으로 쓴 글씨는 또한 네가 조석으로 어루만지며 갖고 놀던 것이 아님이 없다. 그렇건만 너는 홀연 멀리 떠나가 길이 잠들었다. 빈 산에 비는 쓸쓸히 흩뿌리는데 장차 목석木石과 함께 지내고 산도깨비, 숲 도깨비들과 벗하고 있으리.

아아! 슬프다. 네 나이 이제 열여섯이다. 예쁘게 무럭무럭 자라다가 썩어 버리게 되었다. 어찌 네가 일부러 그렇게 하여 부모님에게 커다란 슬픔을 안겨 주고 나로 하여금 머뭇거리며 배회하여 정이 없게 한 것이겠는가? 여기에는 필히 어찌할 수 없는 것이 있는 것이리니, 너로 말미암아 그렇게 된 것이 아니다.

　아아! 슬프다.

　　자식을 잃은 아버지의 마음을 담아, 이웃에 살던 어린 아이의 죽음을 슬퍼하며 지은 글이다. 김해 지방에서 유배생활을 하던 이학규는 자식들과 떨어져 지내야 했을 뿐 아니라, 집안이 패망하여 제대로 입지도 먹지도 못하는 바람에 셋째 아이를 저 세상으로 떠나보내야 했다. 그렇기 때문에 자식들과 떨어져 지내던 그에게 우성돈이라는 어린아이는 마치 자식과도 같이 자신의 적적한 마음을 위로하고 달래주었던 것으로 보인다. 우성돈을 보면서 고향에 두고 온 자식을 생각하는 아버지로서의 아픈 마음을 읽어볼 수 있다. 병에 걸려 죽어가는 어린아이에게 제대로 손 한 번 써보지 못한 자신에 대한 자책과 회한은 아마도 고향 집에 두고 온 자기 자식들에 대한 자책과 회한이리라.

나와 같이 자란 누이의 죽음 權耆配驪州李氏墓誌銘

  아아! 나는 복을 타고 태어나지 못하였다. 아버님께서 세상을 떠나신 지 다섯 달이 지났을 때, 어머님께서 황화방의 외가댁에서 나를 낳으셨다. 그때 나의 외조부이신 혜환공께서는 늘그막에 손자들이 요절하여 곁에 어린 손주가 없었다. 늦게 손녀를 하나 얻었는데, 나보다 몇 개월 먼저 태어났다.

  태어나서 열 살 무렵까지 나와 함께 젖을 먹고, 같은 식탁에서 함께 밥을 먹고, 뛰놀며 장난치는 것도 나와 함께 하였다. 혜환공이 아침저녁으로 엿이랑 과일을 가지고 있다가 고개를 끄덕이며 가까이 오게 하여 양팔에 끼어 주고는 가져가라고 했다. 혜환공은 이를 보면서 웃고 즐거워하였다. 이 또한 나와 함께 하지 않은 적이 없었으니, 누이를 나만큼 자세히 아는 사람도 없을 것이다.

  누이는 어려서부터 총명하였다. 겨우 세 살이 되었을 때, 어머니에게 이런 질문을 한 적이 있었다.

"정승을 지낸 아무개 공은 저의 몇 대 할아버지이신가요? 그리고 생년은 어느 해입니까?"

자세히 알고 나서는 곧바로 머리를 숙이고 손을 꼽아 보고는, "지금부터 216년 전입니다"라고 하였다. 곁에 있던 사람들이 모두 놀라 감탄하였다.

누이는 부녀자들이 익히는 한글을 한 번 들으면 곧바로 이해하였다. 글씨를 빨리 쓰는 데에도 능하였으니, 조금도 느리게 쓰거나 머뭇거리지 않았다.

한 번은 혜환공께서 나에게 무릎 꿇고 앉는 법을 가르치면서 당시唐詩 절구 몇 편을 알려 주셨다. 누이는 곁에 있으면서 듣지 않는 것 같았다. 얼마 후에 물어보면 모두 암송하였으며, 그 뜻도 매우 자세하게 말하였다.

자라서는 묵묵하게 말도 적고 웃음도 적었으며, 세수하고 머리 빗고 옷섶을 여미고 앉을 때면 피부가 옥 같이 빛났고, 곁눈질하지 않았으며 의젓한 어른 같았다. 나이 열여섯에 호조판서 이진以鎭의 육세손이며 음직으로 용안현감을 지낸 상희의 아들인 권구權耇 군에게 시집을 갔다. 늙은 여종이 누이를 따라 와 일을 하다가 돌아갔다.

시부모들이 모두 말하기를 "우리 며느리는 덕성을 갖추고 있어, 몸을 편히 맡길 만하구나"라 하였다. 동서들이 모두 말하기를

"우리 시누이는 덕행과 용모를 갖추고 있어, 본받을 만합니다"라 하였다. 하인들이 모두 말하기를 "우리 주인마님께선 덕에 합치하는 말을 하시니, 잘 지킬 만합니다"라 하였다. 누이가 친정에 왔을 때, 누군가가 그런 말에 대해 물어보았다. 하지만 누이는 겸손하게 사양하면서 "전하는 사람이 말을 잘못 옮긴 것이지요"라고 하였다.

정조 경술년(1790) 모월 모일에 아들을 낳다가 출산한 지 열흘도 채 되지 못하여 세상을 떠났다. 이에 앞서 누이는 누에가 고치에서 나오는 것을 우연히 보고 사람들에게 이렇게 탄식하며 말했다.

"번데기도 날개가 돋아 날아가는데, 사람은 만물의 영장이건만 어찌하여 끝내 썩어 없어지는 것인가?"

얼마 뒤에 세상을 떠나니, 나이가 겨우 스물 하나였다. 이듬해 모월 모일에 아무 마을 아무 방향의 언덕에 장사 지냈다. 아들 또한 겨우 돌이 지나 죽었다.

명은 다음과 같다.

이 세상에서 장수를 누리지 못하였으나 총명하였으니
후세에는 의당 썩지 않고 허물을 벗으리라.
아마도 조물주가 여린 것으로 하여금 빨리 묻게 한 것인가.

이학규와 함께 어린 시절을 보낸 누이의 죽음을 슬퍼하는 글이다. 혜환 이용휴는 이학규에게 외조부가 된다.

이용휴는 18세기 문단에서 매우 중요한 인물이다. 지나간 시대의 시문을 본뜨거나 흉내 내었던 문풍을 비판하고, 참신하고 기발한 글쓰기를 의욕적으로 펼쳐 보인 문인이다. 이학규는 어려서 아버지를 일찍 여의었기 때문에, 외할아버지인 이용휴와 외삼촌인 이가환에게 많은 가르침을 받으며 자랐다.

이 글의 주인공은 이용휴의 친손녀로서, 이학규와 함께 어린 시절을 보냈던 누이였다. 어린 시절을 함께 보냈기 때문에, 누구보다도 누이를 잘 알고 있었을 것이다. 그렇기 때문에 그 스스로 "이 또한 나와 함께 하지 않은 적이 없었으니, 누이를 나만큼 자세히 아는 사람도 없을 것이다"라고 술회하고 있다. 열 살 때까지 "함께 젖을 먹고, 함께 밥을 먹고, 뛰놀며 장난치는 것도 함께" 하였던 것이다. 누이의 총명함, 시집 간 후 현명했던 누이의 모습 등 몇몇 일화를 통해 스물 한 살의 젊음을 뒤로 한 채 저 세상으로 떠난 누이의 죽음을 애도하고 있다.

편안히 운명을 따르라 與孫拭魯

옛날에 성호 선생의 맏아들 좌랑공佐郎公이 병에 걸린 적이 있었지요. 성호 선생께서는 낮에는 밥도 드시지 않고 밤에는 잠도 주무시지도 않으시면서 음식과 탕약을 때맞춰 들게 하였답니다. 좌랑공이 돌아가시자, 선생은 곧바로 침소로 들어가더니 눕자마자 코를 드르렁거리며 주무셨다고 하더랍니다.

어떤 사람이 "그것은 인정人情이 아니지 않습니까?"라고 하자, 성호 선생은 이렇게 대답하셨지요.

"내가 늙은 몸으로 자식 하나가 몹쓸 병에 걸렸을 때에는 밤낮으로 간호하여 병을 낫게 하는 것이 나의 분수다. 그 자식이 죽는 것은 운명이니, 운명과 어떻게 맞서 싸울 수 있겠소? 편히 잠자고 밥 먹으면서 내 남은 생을 마치는 것이 또한 나의 분수라오."

이 일은 내가 어렸을 때 외조부이신 혜환공惠寰公한테 들었던 내용입니다.

예전에 나의 증조부이신 봉조하공奉朝賀公께서 백조부이신 상사공上舍公의 초상을 치르게 되었는데, 얼마 안 있어 곧바로 홍주목사를 제수 받았지요. 임명을 받고 떠나는 날 새벽에 시신을 모신 곳에 들러 한두 번 곡을 한 다음, 곧바로 말을 타고 떠났으니 마치 아무런 미련도 없는 듯 하였답니다. 어떤 사람이 그것에 대해 의아하게 생각하자, 이렇게 말씀하셨답니다.

　"내가 슬프지 않은 게 아니다. 국가의 일이 나에게 주어졌으니, 내가 사사로운 슬픔 때문에 나랏일을 내버려둘 수 있겠는가?"

　이 일은 최토목崔土木 선생(최중순崔重純)한테 들은 것이지요. 최토목 선생은 봉조하공의 외손이 됩니다.

　전해 들으니, 그대는 초상을 당한 뒤로 식음을 전폐하여 몸을 해칠 정도라고 하더군요. 그러한 행동은 책을 읽어 이치를 밝히고 마음을 편히 하여 운명을 따르는 사람이 결코 해서는 안 되는 것이지요. 그래서 예전에 들었던 몇 가지 일을 가지고 말했던 겁니다.

　옛사람의 말에, '공업功業에 있어서는 앞선 사람을 살펴보아야 하고, 빈천貧賤의 경우에는 뒤쳐진 사람을 살펴보아야 한다'라고 했습니다. 그러나 앞선 사람이 어찌 공업의 경우에만 해당되겠으며, 뒤쳐진 사람이 어찌 빈천의 경우에만 해당되겠습니까? 이와 같은 일들은 본보기로 살펴보지 않을 수 없는 것이겠지요.

인간사의 만남과 이별은 인간의 힘으로 어찌할 수 없는 것이다. 인연에 의해, 혹은 운명에 의해 만남과 헤어짐, 삶과 죽음을 반복하는 것이 인생사인지 모른다.

이 글은 가까운 사람의 죽음에 대처하는 방식을 다루고 있다. 여기서는 특히 이학규 자신의 외고조부인 성호 이익의 일화를 흥미롭게 소개하고 있다. 성호 이익의 맏아들은 이맹휴李孟休(1713~1750)다. 그는 성호 이익의 외아들로, 오랜 질병을 앓다가 아버지에 앞서 죽었다. 진사시에 합격하고, 한성부 주부를 거쳐 예조정랑을 지냈다.

자식이 병에 걸려 몸져누웠을 때에는 아버지로서 손수 약을 달이고 정성을 다해 간호를 한다. 하지만 그렇게 정성스럽게 보살피던 자식이 죽었을 때 성호 이익은 아무런 미련을 두지 않은 양 코를 골며 잠을 잤다는 일화다. 처한 상황에 따라 자신이 지켜야 할 분수가 어떠한 것인지를 헤아리고, 그 분수에 따라 행동하는 것이 필요함을 말하고 있다.

생사의 갈림길 答金農師

그대는 생사의 갈림길에 대해 쉽게 말할 수 있다고 생각하는지요? 우리들이 만약 이 핵심처를 잘 판별할 수 있다면 천하에는 더이상 어려운 일이 없을 겁니다. 그렇게 된다면 어찌 궁벽한 시골 마을에서 기름기 있는 얼굴에 배가 불룩한 아이의 면전에서 돈과 쌀을 빌려 괴롭게 하루 두 끼 구차하게 살아가겠습니까?

주자朱子는 「유자회廖子晦에게 보낸 편지」에서 이렇게 말했지요

"소식蘇軾이 호주湖州에서 체포되었을 때 얼굴이 사색이 되었고 두 다리가 떨려 걸을 수조차 없었지요. 집에 들어가 집안사람에게 이별을 고하고자 했지만 관원은 들어주지 않았습니다."

그리고 「이백간李伯諫에게 답하는 편지」에서는 이렇게 말했지요

"양억楊億은 품성이 맑고 곧으며, 조정에서 국가 대사를 의론한 것에는 볼 만한 것이 있었지요. 그런데 불교도들은 그가 도道를 아는 자라고 하였는데, 그가 지은 게송偈頌에 '팔각 모양의 맷돌이

허공을 날아다닌다'라고 읊은 구절이 있었기 때문이지요. 도道를 아는 사람이라고 하였으니, 생사의 갈림길에 있어 의당 남보다 뛰어난 점이 있을 겁니다. 그러나 정위丁謂가 내공(萊公)[1]을 축출할 때에 다른 일로 양억을 불렀는데, 중서성中書省 관아 건물에 이르렀을 때 그는 몹시 두렵고 떨려서 오줌을 싸면서 사색이 되었더랍니다. '팔각 모양의 맷돌이 허공을 날아다닌다'라고 읊던 예전의 달관한 모습은 과연 어디에 있더랍니까?"

그대는 양억楊億과 소식蘇軾은 어떤 사람이라고 생각하십니까? 평소 그들은 마음가짐과 지론持論이 필시 남보다 월등하게 뛰어났습니다. 그러나 흩어지고 헤어질 즈음에는 두렵고 사색이 되어 허둥대었지요. 하물며 그들보다 한 단계 낮은 등급의 사람에 있어서랴.

그대는 기운이 너무 날카롭고 의론이 너무 가벼우며, 일을 행함이 진실하지 못하고 세상 경험도 많지 않습니다. 그러니 모름지기 『맹자孟子』에서 '마음을 움직이지 않는다'에 대해 논한 대목을 깊이 살펴서 삼십 년의 긴요한 공부를 한 다음에 생사의 갈림길에 대해 이해하더라도 늦지 않을 겁니다.

---

1) 중국 송나라 때 구준寇準. 그는 자신의 부하였던 정위丁謂를 신뢰하고 아꼈다. 하지만 구준은 정위의 모략에 의해 재상의 자리에서 쫓겨났다.

삶과 죽음의 갈림길에 처하였을 때, 죽음의 문턱이 멀지 않다고 느꼈을 때 사람들은 누구나 당황하고 두렵고 무섭기 마련이다. 죽음이 주는 공포로부터 자유로울 사람은 거의 없을 것이다. 그렇기 때문에 양억과 소식처럼 뛰어난 식견과 학식을 갖춘 사람도 생사의 갈림길에서는 허둥대기 일쑤였고 몸이 부들부들 떨리게 마련이었음을 예로 들고 있다.

생사의 갈림길은 쉽게 말할 수 있는 것이 아니다. 이학규는 삶과 죽음의 문제를 잘 판별할 수 있다면 이 세상을 살아가는 데에 더 이상의 어려움은 없을 것이라고 하고 있다. 인생사를 살아가는 데에 있어 가장 중요한 문제의 하나임을 강조하였다. 그러하니 그 문제에 대해 손쉽게 판단을 내리려고 하는 것은 성급하고 위험한 일이라 하겠다.

제 2부

유배지에서의 생활

아침은 언제 오는가 – 떠오르는 상념들 譬解八則

추울 때에는 가난한 집의 구걸하는 아이를 생각해본다. 눈 내리는 밤에 남의 집 낮은 처마 밑에 누워서 솜옷에 담요를 깔고 손등과 정강이는 얼어터지고 갈라진 채 눈물을 흘리며 애원을 한다.

더울 때에는 잠방이 입고서 일하는 머슴을 생각해본다. 한낮에 호미를 쥐고 밭을 매느라 땀이 비 오듯 쏟아진다. 잡풀을 헤치며 허리를 구부린 채 기어다니며 한낮이 다 가도록 힘들게 일을 한다.

굶주릴 때에는 집집마다 돌아다니며 구걸하는 거지를 생각해본다. 매미처럼 창자가 텅 비었고 거북이 등가죽처럼 배는 쭈글쭈글하지만 있는 힘을 다해 걸음을 빨리한다. 죽 한 그릇이라도 입

현재 심사정의 「송하문월松下問月」(간송미술관 소장)

에 먹지 못할까 걱정한다. 기운은 다하고 이마에는 땀방울이 맺히니, 어느덧 죽기만을 기다릴 뿐이다.

목이 마를 때에는 소금을 애타게 찾는 사람을 생각해본다. 독이 퍼져 목구멍이 타들어 가는데 그 모습을 말로 다 표현할 길이 없다. 옷을 잡아당기고 침상을 더듬는다. 이때 갑자기 가슴이 답답하여 터질 것만 같고 눈은 퉁퉁 부어 굴려지지 않으니, 있는 힘을 다해 소리친다.

수심이 깃들 때에는 화를 입은 집안의 사람을 생각해본다. 가족과 친척들이 모두 죽었고, 가산은 모두 흩어져버렸다. 더욱이 자신은 노비가 되어 먼 변방에 유배되었다. 지난 시절 즐겁게 웃으며 노닐던 일들을 돌이켜 기억하니, 심장을 칼로 도려낸 듯 눈물이 먼저 떨어진다.

번민이 쌓일 때에는 순장殉葬을 당하는 사람을 생각해본다. 땅속 길을 가며 위쪽을 올려다보니 시커멓기가 경쇠 같고, 등불이 가물가물 꺼지려고 한다. 그 순간 다시 벼락에 맞아 죽는다고 하더라도 그저 인간세상의 소리를 한 번만이라도 듣는다면 마음이 상쾌할 것이다.

근심스러울 때에는 사형수를 생각해본다. 혀가 꼬부라지고 숨을 헐떡이는데 눈빛은 아직 죽지 않았고 감정의 뿌리는 끊어지지 않았다. 옆을 바라보니, 늙으신 부모가 부르는데 어떻게 대답을 해야 하나? 착한 아내가 흐느껴 우는데 무엇을 부탁해야 하나? 자식들을 어떻게 결혼할 수 있게 할까? 집안 세간과 전답들을 어떻게 처리해야 할까? 이렇게 저렇게 고민하고 있는 사이 저승사자가 도착하니 손을 내저으며 목숨이 끊어지게 된다.

병들어 있을 때에는 수많은 옛사람을 생각해본다. 이미 무덤 속에서 뼈가 썩고 육신이 문드러져 있다. 끝없이 길고 긴 밤, 어느 때에나 다시 아침이 찾아올까?

여덟 가지의 상황을 열거하며 그때마다 떠오르는 상념을 적어놓은 글이다. 육체적, 정신적 고통 앞에서 그것을 잠시나마 잊기 위해 그는 부질없는 상념에 빠져든다. 짤막한 문장 속에 근심에 잠겼을 때 떠오른 상념들을 절묘한 필치로 그려내었다.

춥고 굶주리고 번민이 쌓일 때, 고통과 절망이 심신을 덮쳐올 때, 그는 자기의 상황과 처지보다 더한 경우를 상상하며 견딜 수 있는 힘을 끌어내려고 한다. 두려움 속에서 땅 속에 산 채로 순장 당하는 사람이나 세상의 근심을 놓지 못하며 목숨을 놓는 사형수보다는 자신의 처지가 낫다고 자위하는 그의 처절한 처지가 참으로 가슴 아프게 다가온다.

근심과 고뇌에 쌓여 있을 때 이학규는 집안에 화를 입은 사람, 순장당하는 사람, 사형수 등을 떠올린다. 그 사람들을 떠올리게 되는 것은 아마도 자신의 체험과 기억의 바탕 위에서 이루어졌을 것이다. 신유사옥에 연루되어 감옥에 들어가고 가족들과 헤어져 유배지에서 긴긴 세월을 보내야 했던 이학규의 내면에 잠재되어 있던 과거 기억의 파편들이 보인다. 가족을 떠나 유배지에 홀로 있는 작가의 마음은 깜깜한 땅 속에 생으로 묻힌 듯, 말 한마디 전하지 못하고 죽임을 당하는 사형수가 된 듯하였을 것이다.

꿈꾸는 자의 자유 答某人

　우리들 같은 사람들에게 없어서는 안 될 것으로 오직 이 망상 妄想 한 가지가 있을 뿐이지요. 지금 세상에서 우리들처럼 남들에 게 요구하는 것도 없고 세상에 바라는 것도 없는 자는 아무도 없 을 것이오. 그런데 이 한 가닥 망상만은 홀연히 하늘 높이 올라가 기도 하고 홀연히 저승 세계를 돌아다니기도 합니다. 크게는 드넓 은 천하 세계를 떠돌고, 작게는 작은 터럭 끝을 헤매기도 하지요. 망상이 모여들면 쇠털처럼 빽빽하고, 변화를 할라치면 공중의 꽃 보다도 빠르게 변한답니다. 정처 없이 떠돌아다니는 모습은 마치 잠자리가 물 위를 살짝 스치듯 날아가는 듯하고, 아무리 보내도 다시 돌아오는 모습은 주마등이 빙글빙글 도는 것과 같지요. 밤중 에 머리를 숙이고 잠을 잘 때를 제외하고는 결코 한 시각도 떠나 지를 않는다오.

　대개 나의 이 마음은 지극히 활발한 것이어서, 타오르는 불꽃에 비유할 수 있겠지요. 저 불꽃이라는 것은 어디에라도 붙어 있지 않으면 스스로의 존재가 없는 법이오. 그러니 나무 끝에 붙지 않으면 기름 심지에 붙기 마련이오. 나무 끝과 기름 심지를 벗어나면 그 순간 이 불꽃은 없게 된다오.

옛날 가난하고 늙은 선비 한 분이 있었소. 그 선비는 늘 이러한 이야기를 즐겨 하였지요.

나는 밤마다 잠 한숨 붙이지 못해 괴로워하다가 이러한 생각을 하게 되었지요. 집 뒷마당에 땅을 파고 샘을 뚫는데 갑자기 괭이 끝이 들어가지 않고 땡그렁 하는 소리가 났지요. 가만히 살펴보니 오래된 항아리의 뚜껑이더군요. 있는 힘을 다해 뚜껑을 열어보니까, 그 항아리에 백금白金이 가득 있는데 용광로에서 막 꺼낸 듯이 반짝반짝 빛이 났더랍니다. 주위를 둘러보니 마침 아무도 없기에 서둘러 처자식을 불렀지요. 그리고 백금을 밀실로 옮겨놓고 계산을 해보니, 백금의 무게가 모두 3, 4만 냥은 족히 되었지요. 그래서 오늘 한두 덩이를 내다 팔고, 다음날 또 서너 덩이를 팔고, 이렇게 여러 달에 걸쳐 팔았답니다. 이번 달에는 빚을 다 갚고, 그 다음 달에는 아들에게 일러 아내를 맞아들이라고 하였지요. 한 해가 되기도 전에 전답, 누대, 노비, 소, 말, 의복, 음식 등이 모두 갖추어져서 어엿한 부잣집 영감이 되었답니다. 그

즐거움이야 이루 말할 수가 없겠지요.

이 말을 들은 사람들은 모두 실소를 하지 않을 수 없었답니다. 아! 이 사람은 망상을 깨뜨리는 방법을 모르는 사람이니, 불쌍히 여길 일이지 비웃을 일은 아니지요.

그리고 자기 스스로 망상을 따라 실행하는 자는 미친 사내이고, 자기 입으로 망상을 말하는 자는 바보입니다. 통달한 사람은 그렇게 하지 않습니다. 한 가닥 망상이 생기면 곧바로 하나의 바른 생각으로 그 망상을 물리치고, 두 가닥 망상이 생기면 또 다시 두 가닥 바른 생각으로 그 망상을 물리친답니다. 맹자가 말한, '닭이 울면 일어나서 부지런히 이익을 추구하는 자'는 망상을 따라 실행하는 자를 가리키고, '닭이 울면 일어나서 부지런히 선행을 쌓는 자'는 망상을 물리친 성인을 가리킨다고 할 수 있지요.

지금 이 마음 속에 영원히 이 한 가닥 망상이 없기를 바란다면, 그것은 타오르는 불꽃이 붙어 있던 관솔가지와 등잔 심지를 떠나는 것과 같답니다. 그러한 사람은 말라 죽은 나무이며, 불씨가 죽어버린 재입니다. 결코 내 가슴 속에서 살아 움직이는 물건이라고 할 수 없습니다. 그대는 한번 생각해 보기 바랍니다.

이학규는 유배지에서의 고통과 울분을 달래고 벗어나는 길로 상념과 망상을 이야기하고 있다. 그것은 시공을 초월하여 자유롭게 기억의 파편들을 연결하면서 빠르게 진행된다. 때로는 한곳에 집중하기도 하지만 순식간에 다른 기억을 떠올리는 그 변화무쌍함은 물 위를 나는 잠자리와 종이로 인물을 만들어 장막 위에 등불을 비추어 연기를 하는 주마등走馬燈의 비유를 통해 매우 적실하게 표현되었다. 상념과 망상은 고정된 실체가 없이 자유롭게 시공을 초월하여 떠도는 속성을 갖고 있는 것이다.

이학규 자신이 이러한 상념과 망상에 빠져드는 것은 그것들이 암담한 현실로부터 벗어날 수 있는 유일한 탈출구였기 때문이다. 그것들은 한시도 그의 곁을 벗어나는 법이 없으며, 또한 자신을 이 세계 내에서 살아가게 하는 힘이기도 하다. 이 점은 이 시기 대표적인 소품작가로 알려진 이옥과 노긍에게서도 공통적으로 보인다. 여기에서 이 시기 일단의 소외된 문인지식인의 내면적 갈등과 번뇌의 표출로서 망상이 지니는 문학적 의미를 찾을 수 있다.

상상 속의 공간과 실제의 현실 與某人

　　그대는 푸르고 울창한 동산과 띠처럼 두른 강물을 보고서 세속을 떠나 홀로 멀리 가려는 생각을 해 보셨지요. 이것은 그대가 경험이 많지 않고 생각이 두루 미치지 못하여 먼 곳과 가까운 곳의 차이를 고려하지 않았기 때문입니다. 게다가 그대는 문 밖에 사오 경의 옥토를 갖고 있으며, 저수지에는 갑문이 있어 가뭄이 들어도 큰 피해를 입지 않습니다. 집 뒤에는 커다란 소나무 백 그루와 대나무 천 그루가 심어져 있습니다. 이곳에서 태어나 이곳에서 성장하였고, 이곳에서 힘써 농사를 짓는다면 그대의 일생을 마치기에 충분하지요. 만약 나의 바람을 말한다면, 그대처럼 울창한 동산과 띠처럼 두른 강물을 보며 살고 싶습니다. 부럽고 또 부럽군요. 그대는 어찌하여 이곳이 괴롭다고 멀리 옮겨가 장차 후회가 되고 지금 비난받을 일을 벌이려 합니까?

　　문득 예전 일이 기억나는군요. 전에 관동 지방에 유람을 간 적이 있었습니다. 가는 도중에 강 너머 물가를 바라보니 인가가 물가의 산기슭에 자리 잡고 있고 단풍나무와 떡갈나무가 서 있는데, 그 사이로 초가지붕이 보이고 아침 햇살이 비쳐드니 서리 내린 나뭇잎이 노랗기도 하고 붉기도 하였습니다. 땔나무를 실은 작은 배와 소금 실은 조각배가 서로 바라보며 오고 가며, 채소밭과 논두렁이 보였다가 사라졌다 하더군요. 또한 지팡이를 짚고 밭두둑에 멈추어 서 있는 사람, 빗자루를 들고 마당을 쓰는 사람, 어린 애를 데리고 동이를 머리에 이고 있는 사람, 나란히 쟁기를 끄는 사람도 있었으며, 닭과 개가 여기저기 나다니고 밥 짓는 연기가 간간이 일어났지요. 자신도 모르게 정신이 내달리고 흥취가 일어나 '훗날 식구들을 데리고 멀리 떠나면 근심도 잊을 뿐 아니라 노년을 마칠 수 있겠다'라고 생각했지요. 돌아오자마자 서둘러 이 이야기를 내 친구인 포원자浦園子에게 하였더니, 포원자는 웃으며 이렇게 말했답니다.

"그곳은 내가 예전에 몸소 가 보았던 곳이라네. 내가 거기에 가 보니, 마을 앞에는 메마른 자갈밭만 보이고 채소의 싹도 듬성듬성하게만 돋아나 있고 집은 낮은데다가 비좁아 구부정하게 몸을 구부려야 했었네. 마을 사람이 나에게 이런 말을 했다네.

'여름에 장마가 져 강물이 불어나면 전답이 어김없이 물바다가 되어 한 해 동안 애써 농사지은 작물을 서쪽 물결에 보내버리게 됩지요. 오래도록 가뭄이 계속되면 자갈땅이 후끈 달아올라 온갖 곡식이 바싹 말라버린답니다. 오직 비와 햇볕이 때에 맞고 들판과 습지의 곡식이 모두 잘 익어야 우리 마을에서는 느긋하게 숨을 내쉬며 근심이 없을 수 있지요.'

그곳에서 하룻밤을 머물렀는데, 아침과 낮에는 그럭저럭 지낼 만하였지만 어스름이 내린 뒤에는 문을 나가면 호랑이에게 물려 가기 때문에 문에 들어서자마자 곧장 호랑이 그물을 친다네. 빗장을 걸어 잠그지 않은 집이 없었고, 이가 없는 집이 없었네. 가려운 데를 긁어대느라 부스럼이 되었고 밤새도록 잠도 제대로 자지 못하였지. 그때는 정말이지 미친 듯 고함을 지르고 싶었네. 앞서 말한 땔나무와 소금 실은 작은 배, 채소밭과 논둑을 몽땅 다 나에게 주면서 하룻밤을 더 머물라고 부탁해도 나는 머리를 내저으며 서둘러 도망갔을 걸세."

포원자의 이 말은 시골 생활의 괴로움을 깊이 생각하게 할 뿐만 아니라, 실로 먼 곳과 가까운 곳의 차이에 대해 터득한 것이 있습니다. 또한 그대가 하루의 수고를 꺼려하지 말고, 동산 꼭대기에 한 번 올라가 지금 살고 있는 동산과 집, 저수지, 대나무를 둘러본다면 자신이 살고 있는 곳보다 더 나은 곳은 아마도 없을 겁니다. 그대는 잘 헤아려 보시기 바랍니다.

상상 속의 공간은 꿈꾸는 사람이 자유롭게 그려내고 만든 것이다. 그렇기 때문에 상상 속에 꿈꾸는 공간은 실제의 모습과 다른 경우가 많다. 도심의 한복판에서 매연과 소음 속에 살아가는 도시인들은 시골 전원의 낭만적이며 목가적인 풍경을 떠올린다. 그곳에 가면 낭만도 있고 여유도 있으며 행복이 가득하리라고 생각한다. 전원주택을 마련하고, 주말 농장에 가서 하루를 쉬다 오는 일을 꿈꾸기도 한다. 하지만 주말 농장에서 채소를 가꾸고 과일을 심는 일 또한 노동과 땀을 필요로 한다.

 이 글은 시골의 풍경을 멀리서 바라보는 일과 실제로 시골에서 생활하는 일 사이의 거리에 대해 쓰고 있다. 멀리 내다보고 상상하는 일과 현장 가까이에서 몸소 생활하고 부딪치는 일 사이의 괴리감을 자신의 직접 체험에 기초하여 쓰고 있다. 강원도 지방을 여행하였을 때 직접 보고 느꼈던 점, 그리고 이학규의 친구였던 포원자蒲園子의 전언을 통해 상상 속의 공간과 실제 현실은 결코 같지 않으며, 시골 생활이 우리의 생각과는 달리 훨씬 더 고단하고 힘겨운 것임을 말하고 있다.

유배지에서 겪는 괴로움 與某人

이곳에서 겪는 네 가지 괴로움은 다른 괴로움에 비할 바가 아니니, 그대가 잘 알고 있겠지요.

요즈음 밤낮으로 바라는 일이라곤 오직 집에서 보내온 편지를 한 번 받아보는 것이랍니다. 그러나 막상 편지를 받으면, 마치 국문을 받는 중형의 죄수가 관원의 판결문을 듣기 바로 직전에 가슴 속이 먼저 쿵쾅쿵쾅 두근거려 거의 진정할 수 없는 것과 같답니다. 곁에 있는 사람들은 제 얼굴빛이 붉어졌다 창백해졌다 자주 변한다고 합니다. 겨우 편지를 다 읽고 나서야, 늙으신 어머님이 예전과 마찬가지이고, 처자식도 근근이 살아가고 있음을 알게 되지요. 그러면 내일도 이러한 편지를 보기를 다시 기대하게 된답니다. 이것은 마치 소갈증에 걸린 사람이 냉수 한 사발을 마시자마자 또 다시 냉수 한 사발을 마시고 싶은 것 같아, 마시면 마실수록 더욱 갈증이 나서 도무지 목마르지 않은 때가 없는 것과 같습니다. 이것이 첫 번째 괴로움입니다.

술을 마시지 않으면 목이 마를 뿐만 아니라 마음까지도 말라서 가슴이 답답한 게 딱딱한 이물질이 막혀 있는 것과 같습니다. 이곳에 무슨 돈이 있겠습니까? 곁에 있는 사람이 짚신을 삼는데 매일 아침 네다섯 푼을 벌면, 그 돈을 빌려서 술집 외상값으로 다 써버립니다. 그런데 짚신 삼는 사람이 어디에서 돈을 많이 벌어서 자기 생활도 하면서 남까지 빌려 줄 수 있겠습니까? 이따금 이런 생각을 하면 절로 허공을 쳐다보게 될 뿐이지요. 이것이 두 번째 괴로움입니다.

이 고장 사람들은 매번 이웃집 초상을 당하면, 땔나무 하거나 소를 모는 사람, 떡 파는 아줌마, 술집 노파를 막론하고 모두들 종이 한 장을 구해서 동분서주하면서 만시輓詩를 지어달라고 부탁한답니다. 내력 있는 가문이나 성 안에 사는 좋은 집안에서는 만시를 부탁할 뿐만 아니라 제문祭文까지 지어달라고 하지요. 조그마한 고을에서 글자깨나 아는 사람이 몇 명이나 되겠습니까? 게다가 그들은 모두 엉터리로 글을 짓고서 과거科擧 문장이라고 하면서 고쳐달라고 하거나 평어評語를 부탁하기도 하지요.

죽은 이를 조문하는 글, 억울함을 호소하는 상소문, 혼인을 청하는 글, 안부를 묻는 편지 같은 경우에 그들은 서울 사람들이 글의 체재를 잘 알고 있으며, 사실을 조사하고 자세하게 기록한다고 생각합니다. 또한 글을 잘하는 문한가文翰家에게는 식견이 있다고 생각합니다. 글을 지어달라고 개미떼처럼 몰려드니, 막으려 해도 막을 수가 없답니다. 그리고 자신들이 절실하게 필요한 것이라고 하지 않고, 으레 나를 위한 소일거리라고 하지요. 만약 이러한 사람들에게 나를 위해 붓 한 자루를 잡고 손가락을 한 번 움직여 글을 쓰라고 한다면, 틀림없이 고개를 내저으며 달아날 겁니다. 오직 나의 정신을 소모하고, 나의 늙음을 재촉할 따름이지요. 이것이 세 번째 괴로움입니다.

저는 평소에 뱀을 징그러워해서 한 번 보기만 해도 온종일 몸이 떨린답니다. 그런데 남쪽으로 온 후로는 걸핏하면 방, 곁채, 안뜰, 문에서 그 놈의 뱀을 맞닥뜨립니다. 컴컴한 때에 우연히 마른 나뭇가지나 썩은 새끼줄만 보아도 소리도 못 지르고 도망치곤 하였습니다. 모기와 파리 떼가 썩어가는 뱀에 들러붙어 살가죽을 뜯고 있으면 우글우글 움직이는 것이 마치 부스럼에 걸린 것처럼 열흘이 넘도록 몸이 가려워 근질근질하답니다. 이 고을 사람들은 죽은 뱀을 보기를 마치 전염병에 걸린 것처럼 생각해서, 모질고 독한 사람이 업보를 받는 것이라고 여깁니다. 제가 어찌 인과응보에 마음이 흔들리는 것이겠습니까? 다만 모질고 독한 그 뱀의 눈과 귀를 싫어할 뿐이지요. 이것이 네 번째 괴로움입니다.

아아! 안락하게 사는 사람은 가시에 손톱을 한 번 찔려도 고통

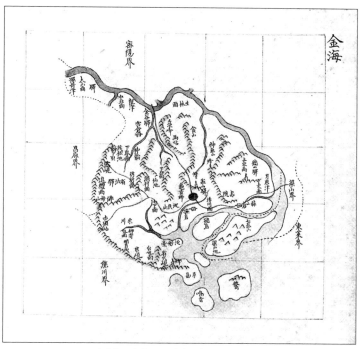

김해(『조선전도』), 신경준이 1770년대 제작

스럽다고 여기고, 파리 한 마리가 살갗을 빨아도 고통스럽다고 생각합니다. 저는 유독 어떤 사람이기에, 혼자서만 이런 고통을 모두 받고 있으며, 이 고통을 구제해 줄 사람도 없고, 이 고통에서 벗어날 곳도 없는 것일까요? 오늘 그대에게 이러한 고통을 다 알려드린다고 하더라도, 저에게는 진정 어떤 보탬이나 손해도 없습니다. 하지만 지금 온 세상을 둘러보아도 이러한 상황과 이러한 제 마음을 알릴 곳이 없습니다. 그래서 이렇게 구구절절하게 말씀드리는 겁니다.

이학규는 김해 유배지에서의 고통스러운 생활을 크게 네 가지로 요약하여 설명하고 있다. 고향 소식을 애타게 기다리는 것, 술 한 잔 제대로 마시지 못하는 것, 마을 사람들에게서 글 써 달라고 부탁받는 것, 징그러운 뱀을 만나는 것 등이 그것이다. 그것들은 유배객의 처지로 하루하루 겪어야 하는 육체적 정신적 고통이다. 그는 그러한 고통을 숨기려고 하지도 않고, 그것을 극복하려는 모습을 보여주지도 않는다. 고통에 처한 자신의 참담한 현실을 여과 없이 드러내 보이고 있을 뿐이다.

게다가 그는 이 네 가지 괴로움으로부터 벗어날 희망도 없고 그 괴로움에 대해 토로할 사람도 없다는 사실에 다시 한 번 절망한다. 괴로움을 견디는 것도 힘든 일이겠지만, 그 괴로움에서 벗어날 수 없으며 그 괴로움에 대해 이야기 나눌 사람조차 없다는 현실이 그의 고통을 더 크게 하는 것이다.

무료한 나날들 答某人

그대는 제가 요즘 무슨 일을 하고 있는지 알고 싶으신지요? 요 근래 저는 천식 때문에 고생을 하고 있습니다. 아침에 이부자리에서 일어나자마자 담배 한두 대를 피워 무는데, 어느덧 아침 해가 동쪽 창문의 두 번째 눈금에 가 있게 되지요. 아침 밥상을 막 물리고 나면 창난젓 냄새가 속을 뒤집어 놓아, 입과 코를 틀어막아도 그 냄새는 좀처럼 가라앉지 않습니다. 그러다가 저도 모르게 깜박 고개를 떨어뜨리고 잠이 듭니다. 잠에서 깨어보면 곁에 있는 사람이 짚신을 삼고 있습니다. 그러면 저도 볏짚을 골라 짚신 삼는 걸 도와준답니다.

정오가 지나면 석양빛이 내리쬐여 집 뒤편의 고목 그늘 아래로 달아나 숨습니다. 고목 그늘 아래에서 저는 이웃 사람들이 즐겨 부르는 「하산가下山歌」 노랫가락을 듣지요. 초저녁 후로는 모기 때문에 괴로워하며 손을 휘두르고 다리를 떠는데, 그 모습은 영락

없는 미치광이와 다를 게 없답니다. 관아에서 성문을 닫는 북소리가 들리면 베개를 괴고 눕습니다. 이제부터는 온갖 모기떼들이 드러난 팔다리를 물어댑니다. 저는 오직 오늘밤도 푹 잠들기만을 바랄 따름이지요. 하루하루를 이렇게 지내다가 다시 또 이렇게 흘려보낸답니다.

지금 편지 한 통을 자세히 써서 보내려고 하는데, 실은 쓸거리가 될 만한 일이 별로 없군요. 편지를 보내지 않으려고 하니, 그대가 나를 냉담한 사람이라고 여길까 봐 두려워, 이렇게 시시콜콜하게 적어 보냅니다.

이 글을 통해 김해의 유배지에서 무료한 나날을 보내고 있는 이학규의 하루 일상을 들여다보게 된다. 그의 가문은 풍비박산이 나서 그를 도와 줄 형편이 못 되었고 그는 육체적 정신적 고통 속에서 하루하루를 힘겹게 살아가야 했다. 유배지에서의 고통스러운 일상이 손에 잡힐 듯 자세하게, 그리고 자신의 표현대로 시시콜콜하게 그려져 있다. 아침 이부자리에서 눈을 뜨는 순간부터 밤중에 잠들기까지의 과정이 시간 순서에 따라 그려져 있다. 창난젓의 냄새가 익숙하지 않아 고생하는 모습도 보이고, 유배지에서의 어려운 살림에 보탬이 되지 않을까

하여 이웃의 권고로 짚신을 삼는 일을 도와주고 있는 모습도 보인다.

이학규는 「전원田園」이라는 시에서 이렇게 노래했다.

이웃사람과 마음 맞아 산행할 약속을 하고　　隣家洽有尋山約

신발을 팔러 성안에 가기도 하네　　爲賣靑鞋到郭門

오갈 곳 없는 신세 答某人

저는 집이 매우 가난한 데다가 풍파를 겪고 초상까지 연달아 이어지는 통에 전답과 수확물을 모두 다 팔아치웠지요. 어린 자식과 며느리가 하루 끼니도 제대로 잇지 못하니, 살 방도가 없을 뿐 아니라 죽을 곳도 찾을 길 없답니다. 어찌 조그만 양식이나 옷가지라도 제 아비에게 미치기를 기대할 수 있겠습니까?

저는 이 고을에 거주한 지 벌써 24년의 세월이 흘렀습니다. 일찍이 저를 찾아와 묻고 배운 사람들이 열 명 백 명에 그치지 않습니다. 술잔을 대접하는 자도 있고, 그릇을 빌려주는 자도 있지요. 하지만 돈이나 쌀의 경우에는 하루 동안 빌리고자 하더라도 필시 응낙하지 않을 겁니다. 모진 운명이 사라지지 않고 구차하게 목숨을 보존하고 있으며, 배가 고프면 밥을 생각하고 날씨가 추우면 솜옷을 생각하고 병들고 아프면 약을 생각하지요. 이 때문에 야비하다는 모욕과 비난을 신경 쓰지 않고, 의로움을 해치는 일이거나 염치를 잃는 일만 아니면 모두 하겠다고 작정을 하고 대담하게 하려고 하였지요. 매번 한밤중에 잠을 이루지 못하고 마음과 입이 서로 말을 주고받다가 저도 모르게 멍하니 있다가 스스로 부끄러워 탄식하곤 하였답니다.

신유년(1801) 이래로 온 세상 사람들이 저를 보기를 마치 더럽고 악독한 존재로 여겨서, 가까이 가면 더럽혀지고 함정에 빠질까 두려워한답니다. 아침저녁으로 만났던 친척과 친구들 중에서 이제는 하인들도 거느리고 벼슬아치 명패를 차게 되면 이름과 지위가 높아질수록 저를 더욱 더 꺼려합니다. 옛날 일을 말하다가 잘

『인수옥집』 편지 실려 있는 문집 첫 장

못 연루되어 자신의 지위를 잃어버릴까 두려워합니다. 이와 같으니 사람들 틈에 끼어 세상과 더불어 살아가기를 기대할 수 있겠습니까?

경제적으로 몰락한 처지에 놓여 있는 이학규는 누구의 도움도 제대로 받지 못한 채 하루하루를 힘겹게 살아가야 했다. 위의 편지글은 이학규의 문집에는 전하지 않고, 장지연張志淵이 쓴 『일사유사逸事遺事』에 실려 있다.

이 책에 따르면, 생활조차 힘겨운 이학규에게 어떤 사람이 돈을 조금 보태주면서 그것을 가지고 이자놀이를 하면 어떻겠느냐고 권유하니, 이학규가 그 말에 따랐다고 한다. 이 소식이 서울에까지 알려져 당시 양반들 사이에서 이학규의 행동에 대해 비난하는 말들이 많이 오고 갔다. 돈놀이를 하는 것은 당시 양반 사대부들에게는 체면과 명분을 크게 손상하는 일이었을 것이다. 위의 편지글은 이러한 사정을 배경으로 하여 1824년에 쓰여졌다.

보리밥과 막걸리의 행복 答某人

밥을 먹을 때 보리밥을 싫어하고 술을 마실 때 막걸리를 꺼려 한다면, 이러한 일은 귀한 분들에게는 괜찮겠지만 우리네 같은 사람들에게는 그럴 수가 없습니다. 밥그릇을 박박 긁어 먹고 술 사발이 가득 흘러넘치게 마시는 일은 우리들에게는 괜찮겠지만, 귀한 분들에게는 그럴 수 없습니다.

아아! 우리들은 곤궁하고 비천한 사람들일 뿐이지요. 하루 걸러 죽 한 그릇도 제대로 먹지 못할까 걱정하는 형편인데, 어찌 보리밥을 꺼리고 막걸리를 마다할까요? 지금부터는 밥 그릇 박박 긁는 일을 운치 있는 일이라고 생각하고, 술 사발이 가득 흘러넘치게 마시는 일을 뜻밖의 행복이라고 여길 겁니다. 다만 이러한 일조차 자주 있지 못한 것이 한스러울 따름이지요.

이학규의 문집을 살펴보면, 유배지에서 작성된 편지에는 대부분 받는 사람이 누구인지를 밝혀놓지 않았다.

일부 이름이 밝혀져 있는 경우가 있기는 하지만, 편지글의 대부분이 수신자를 밝히지 않았다. 아마도 시휘時諱를 고려한 것으로 짐작된다.

죽 한 그릇, 술 한 사발도 뜻밖의 행복이 될 정도의 빈한한 처지를 짤막한 편지글 속에 잘 나타내었다. 당장의 끼니 걱정을 해야 하는 곤궁한 처지에 대한 자조 섞인 한탄이 짙게 묻어나온다.

우리 집안의 몰락 答某人

궁벽한 고을의 몰락한 양반집에서는 조정의 대신관료들의 벼슬자리가 오르락내리락하는 이야기를 가장 듣고 싶어합니다. 그리고 고을 수령이 내린 명이 잘된 것인지 아닌지를 가장 말하고 싶어합니다. 사람을 만나면 그것에 대해 물어보고, 또 사람을 만나면 그것에 대해 말을 하면서도 태연히 스스로 이상하게 여기지 않습니다. 이것은 모두 자신이 한미한 것을 탐탁치 않게 여기고 높은 명성을 얻어 벌열 가문 대열에 한 번 합류하여 시골 마을에서 떠받들어지기를 바라기 때문이지요. 식견이 뛰어나지 못하고 풍모는 더욱 촌스러워서, 식견 있는 자들이 그들을 대신해 민망해하는 줄을 알지 못합니다. 우습고 슬픈 일이지요.

우리 집안의 자식들과 조카들은 태어나서 조상들의 벼슬한 자취를 보지 못하였고, 외진 마을에서 성장하였으니, 가난하고 비천합니다. 견문은 얼마 안 되는 녹봉을 구하는 정도를 넘어서지 못하고, 의론은 과거 시험에 붙는 것에서 벗어나지 못하니, 결국에는 이러한 몰락한 양반이 될 뿐이겠지요.

아아! 몰락한 양반이라고 해서 어찌 조상 때부터 그러하였겠습니까? 우리 집안처럼 점점 비천하고 가난하게 되었고, 타고난 자질이 뛰어나지 못한 데다가 가르침도 받지 못하여 오늘날에 이르러 몰락한 양반이 된 것일 뿐이지요. 다만 아이들로 하여금 몰락한 양반가에서 듣기 좋아하는 일을 즐겨 듣지 않도록 하고, 몰락한 양반가에서 말하기 좋아하는 것을 즐겨 말하지 않도록 한다면, 우리 집안으로서는 큰 다행일 겁니다. 이렇게까지 말해 놓고 보니, 갑자기 큰 한숨이 나는군요.

몰락 양반으로 전락한 자신과 자신의 집안의 처지를 담담히 받아들이고 있다. 다만 바라는 것은 궁벽한 시골 구석의 몰락 양반 신세가 되지 않는 것이다. 벼슬에 대한 끝없는 욕심을 버리지 못한 채 서울의 실세 권력자들의 비호 아래 기생하고자 하는 지방의 몰락 양반의 행태를 비판한다. 그들 시골 양반은 누구의 벼슬자리가 올라갔다는 둥, 누구는 벼슬자리가 내려갔다는 둥 하는 소문을 듣고 싶어한다. 또 그들은 고을 수령의 정사에 대해 이러쿵저러쿵 시비를 걸고 따져 말하기를 좋아한다. 이학규는 자신과 그리고 자신의 자식들이 이러한 몰락 양반의 길로 전락하지 않기를 바라고 또 바란다. 그것만이 자기 자신이 지켜야 할 최소한의 양심이라고 할 수 있다.

아들에게 보내는 편지 1 與某人

　네가 요즈음 이러한 시구를 지은 것을 보니, 점점 연마하고 단련한 뜻이 있더구나. 게다가 문리文理도 조금씩 트여서 어른이 가르치고 풀이해 주지 않아도 되겠으며, 이로부터 잡스러운 일도 그치게 되었다고 하니, 내 마음이 기쁘고 위로가 된다. 이것은 물론 네가 훗날 과거에 급제하기를 기대해서가 아니다. 우리 집안의 명예가 내게 이르러 욕되게 되었다. 나는 다만 네가 조상의 가업을 실추시키지 않고 다시 우리 집안의 명예를 지킬 수 있기를 바랄 뿐이다.

　굶주림을 참고 목마름을 참는 것은 우리들이 항상 겪는 일이란다. 잘 먹고 잘 입으면서 낫 놓고 기역 자도 모르고 가슴 속이 시커멓고 텅 비어 한 조각 의리義理도 없는 자들이 있다. 식견 있는 사람들이 그들을 대신해 부끄럽게 생각해야 되지 않겠느냐? 저들은 몸 껍데기는 참으로 멋지게 보이겠지만, 진실한 마음은 실로 텅 비어 있단다. 만약 네가 부지런히 노력하여 날마다 듣지 못한 것을 듣고 날마다 알지 못하는 것을 공부해 나간다면, 사흘에 한 번 밥 한 끼 먹는다고 하더라도 그 진실한 마음만은 실로 배부를 것이다. 그러니 무엇을 슬퍼하겠느냐?

아들에게 보내는 편지 2 與某人

네가 사내아이를 보았다는 소식을 들으니, 이 마음이 기쁘고 즐거워 잠까지 잊을 정도였다. 다만 네가 편지를 보냈을 때 이에 대해서는 한 마디도 하지 않았더구나. 생각하건대 네가 부끄러워 그랬을 것이니, 너를 심히 꾸짖을 수 있겠느냐?

지난해에 딸을 낳았고, 올해엔 아들을 낳았으니, 십 년 사이에 갓난아기는 어린이가 되었고 어린이는 관례를 할 나이가 되어 다시 또 아기를 낳았구나. 이에 나의 노쇠함을 알 만하고, 나의 노쇠함을 통해 늙으신 부모님께서 쇠약해지시고 돌아가신 것을 더욱 더 생각하게 된다. 이렇게 말한들 무엇 하겠느냐? 요사이엔 책을 읽느냐? 시를 쓰느냐? 책을 읽으면 무슨 책을 읽는지 알려주고, 시를 지으면 또한 한두 편을 보내어 나의 시름과 우울을 깨뜨려 준다면 정말 좋겠구나.

아들에게 보내는 편지 3 與某人

    일전에 너에게 닳아빠진 붓 한 자루와 소나무 그을음으로 만든 먹 반쪽을 보내 주었는데, 모두 다 못 쓰게 된 것이란다. 네가 글씨를 예쁘게 쓰기를 바라는 것이 아니다. 이것들은 내가 일 년 동안 지니고 있던 물건이니, 네가 그 물건들을 보면서 나를 보듯이 하기를 바라는 것이다. 너는 시 몇 편을 지을 때 이것들로 글씨를 써서 나에게 보내다오. 그러면 나도 네가 손을 움직여 글씨 쓰는 모습을 상상해볼 수 있었으면 정말 좋겠구나.

    아버지의 따뜻한 마음이 담긴 세 통의 편지다. 첫번째 편지에서 이학규는 자신의 대에 이르러 집안이 풍비박산이 난 점을 떠올리며, 아들에게 사대부로서 떳떳하게 명예를 지킬 수 있기를 기대한다. 굶주림을 참고 목마름을 견

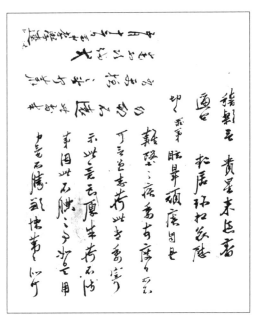

이학규 자필편지

디는 것은 이제 특별한 일이 아니다. 가난을 참고 견디며 독서를 게을리 하지 않는 자세를 아들에게 당부하고 있다. 집안을 다시 일으켜 세울 희망은 보이지 않지만, 아들들에게 떳떳한 마음만은 잃지 않았으면 하는 바람을 내비치고 있다.

　두 번째 편지글은 아들을 낳았다는 소식을 아들로부터 직접 들지 않고 전해온 소식으로 알고 나서 쓴 것이다. 그러한 아들의 행동에 대해 꾸짖거나 나무라지 않는다. 부질없이 흘러가는 세월 속에서 어느덧 늙어버린 자신의 모습을 떠올린다. 손주를 보게 되어 이제는 할아버지 소리를 들어야 하는 나이가 된 것이다. 세월의 무상함 속에서 유배지에서의 고통스러운 생활을 하루하루 보내는 그가 아들들에게 바라고 기대하는 것은 힘겨운 가난 속에서도 부지런히 책을 읽고 시를 지으며 양심을 지키며 살아가는 모습이었을 것이다.

세 번째 편지글은 자신이 사용하던 붓 한 자루와 먹 반 조각을 보내면서 아들을 보고 싶어 하는 아버지의 애틋한 마음을 담아내고 있다. 자신이 보낸 붓과 먹이 닳고 닳은 것이지만, 아버지의 손때와 체취가 묻은 것인 만큼 그 붓과 먹에서 아버지의 마음을 읽어주기를 바라고 있다. 또한 그 붓과 먹으로 시를 써서 자신에게 보낸다면 그를 통해 아들의 글씨 쓰는 모습을 상상해 볼 수 있다고 하여, 아들을 보고 싶은 마음을 드러내 보이고 있다.

역지사지의 마음 答某人

　요사이 바람이 불어 풀이 움직이면 그때마다 뱀이 움직이는 건 아닌가 의심하지요. 또 잠을 자다가 귀에 어떤 울림이 있으면 곧 바로 모기떼라고 생각한답니다. 뜨거운 햇빛이 쏟아져 내리면 대들보가 녹아내릴 듯하고, 좁은 집은 서향이라 석양이 반사되어 비치면 마치 뜨거운 쇳덩이 위를 기어다니는 개미가 된 듯합니다. 동쪽 서쪽으로 바삐 달아나 보려 하지만 어디에도 몸을 쉴 곳이 없습니다. 이와 같으니 늙지 않고서야 배기겠습니까?

　이로 인해 생각해봅니다. 그대는 처한 상황이 맑고 한가로우며 세월은 꽃과 같으며, 서늘한 방은 가을 날씨 같고 무늬를 수놓은 대자리는 시원한 물 같으며, 꽃향기는 꿀과 같고 술 맛은 늙은 오이로 담근 장과 같으며, 가슴 속엔 만족스럽지 않은 일이 없습니다. 바로 제가 예전에 아무 일 없이 지낼 때의 상황과 같습니다. 그런데 저는 지난날 한 번도 이 같은 괴로운 정황에 대해 생각하지도 못하였지요. 그대는 저에 대해 생각할 뿐만 아니라 불쌍히 여기시고, 불쌍히 여기실 뿐만 아니라 묻기도 하였습니다. 이것이 바로 그대가 남보다 한 단계 뛰어난 부분이며, 제가 남보다 한 단계 뒤쳐진 부분입니다.

어느 지인에게 보내는 편지다. 이학규는 먼저 자신이 지금 살고 있는 어려운 형편을 숨김없이 드러내고 있다. 뱀과 모기에 시달리고 뜨거운 햇살에 고생하는 자신의 처지를 전하는데, '뜨거운 쇳덩이 위를 지나다니는 개미'의 비유가 인상적이다. 한없이 작아져 볼품없는 그가 견디기 힘든 나날을 보내고 있는 상황을 참신한 비유를 통해 생생하게 전달하고 있다.

동상이몽 答某人

같은 잠자리에서 각자 꿈을 꾸는 것은 본래 아무런 관계가 없고, 왼손이 아프고 가려워도 오른손은 알지 못하는 법이랍니다. 같이 잠을 자는 가까운 사이인데도 오히려 이와 같고, 같은 사람 몸인데도 오히려 이와 같은 법이지요. 하물며 무엇을 바라겠습니까? 아무 일 없는 집안에서 태어난 저 사람들은 집 밖으로 나가면 산대놀이와 연등회燃燈會가 마음을 즐겁게 하며, 집 안으로 들어오면 바둑판과 술동이로 유쾌하게 지낸답니다. 그러니 혹시라도 우리들의 괴로운 마음을 단 한 번이라도 생각이나 하겠습니까?

아아! 그들은 평생 유쾌하게 지내지만, 우리들은 평생 괴롭고 슬플 뿐입니다. 그러나 그들이 우리들의 유쾌함을 빼앗아 즐겁게 지내는 것이 아닙니다. 그리고 우리들도 저들의 슬픔과 괴로움을 대신해서 슬퍼하고 괴로워하는 것이 아닙니다. 오직 마땅히 자신의 분수를 순순히 받아들일 따름이지요. 다만 요 근래에는 '모든 일은 사람들이 이리저리 헤아리고 계산하는 것에 따라 이루어지는 것이 아니라, 인생은 미리 안배되어 있다'라는 구절을 떠올리면서 그럭저럭 하루하루를 보내고 있을 따름입니다.

인생은 미리 정해진 운명에 따라 살아가는 것임을 스스로 인정하고 자각하고 있다. 인생이 미리 안배되어 있다고 가정할 때, 그 속에서 겪어야 하는 고통과 이별과 죽음 등은 누구라도 피할 수 없는 것으로 받아들이게 된다. 부유한 집안에서 태어난 자들을 부러워하거나 비난할 필요도 없으며, 가난한 집안에서 태어난 자신을 자책할 필요도 없다. 오랜 유배생활을 겪으면서 삶의 순리에 따라 살아가는 글쓴이의 모습을 엿보게 한다.

도박의 폐해 與某人

투전 도박이 어찌 우리들이 손에서 잡고 있을 것이겠소? 비록 돈을 많이 땄다고 하더라도, 그 돈은 반드시 패가망신한 자제들의 손에서 나온 것이며, 그들 부모와 처자식들이 피와 땀을 모두 쏟아낸 것들이지요. 만약 자기 자신이 돈을 잃었다면, 그 돈은 또한 자기 자신의 부모와 처자식들이 피와 땀을 모두 쏟아낸 것이랍니다. 이 같은 돈을 펑펑 허비하면서도 태연하게 부끄러워할 줄 모른다면, 어찌 슬퍼하지 않을 수 있겠소?

투전 도박을 하는 자들은 흔히 무료하고 심심해서 한다고 핑계를 댄답니다. 아아! 사람이 이 세상에 태어나서 온갖 일에 마음이 쓰이고 몸이 얽혀 있지요. 이 같은 마음과 몸은 잠시라도 한가할 겨를이 없지요. 어찌 무료하고 심심하다는 말이 나올 수 있겠나요? 만에 하나 무료하고 심심하다면, 목침을 괴고 다리를 펴고서 한바탕 낮잠이나 자는 편이 더 나을 겁니다. 썩은 나무는 아로새

길 수 없는 것처럼 낮잠이 무용한 것이기는 합니다. 그렇지만 도박 때문에 몸도 망치고 마음도 더럽혀 평생토록 치욕을 받는 것보다는 나을 겁니다.

조선 후기에 들어와 유행하였던 투전 도박의 폐해에 대해 지적하였다. 특히 무료하고 심심해서 도박을 할 바에야, 차라리 낮잠이나 자는 편이 더 낫겠다고 충고한다. 이학규는 김해 지방의 생활 풍속을 읊은 『금관기속시金官紀俗詩』에서 도박으로 인한 패가망신의 폐해를 이렇게 노래한 바 있다. 수투手鬪는 투전을 이르는 말이며, 홀공이忽空伊는 골패를 이르는 말이다.

한 번에 만 냥을 던지는 최고의 남아	萬錢一擲最男兒
투전을 펼쳐 볼 때는 일마다 기이하다	手鬪諎時事事奇
노름꾼 큰살림도 이제는 파산 났거늘	不道大家家壁立
요사이 골패를 다시 배웠다네	邇來兼曉忽空伊

인생의 두 가지 양식 答某人

이 고장에는 읽을 서적이 없어 괴롭습니다. 구우瞿佑의 『전등신화剪燈新話』를 서가에 꽂아놓는 최고의 책으로 추켜세우고, 나관중羅貫中의 『삼국지연의三國志演義』를 베개 속에 감추어두는 보물로 여긴답니다. 그들은 남에게 빌려줄 마음도 없으며, 나 또한 남에게 빌리고 싶지 않습니다.

작년 봄에 겪은 일이 생각나는군요. 나무 위에서 비둘기들이 울고 있는 걸 우연히 보다가 『예기禮記』의 「월령편月令篇」이 생각났습니다. 매가 비둘기로 변한 때가 음력 2월인지, 3월인지 도무지 기억이 나지 않더군요. 이 고장에 『예기』 책을 소장하고 있는 사람이 없음을 알고 있기에, 달력의 매달 아랫부분에 월령을 초록해 붙인다는 점을 떠올리게 되었습니다. 그래서 달력을 구하려 했는데, 그것마저도 쉽지 않더군요. 점치는 사람에게서 겨우 찾아내어 그것을 크게 유쾌한 일로 생각했습니다. 이 고장의 열악함을 가히 알 수 있을 겁니다.

　게다가 이곳은 큰 가문이나 대갓집이 없으며, 문장과 학술을 담당하며 이 고장에서 위세를 부리는 자들은 오직 고을 아전 중에서 조금 약은 자들입니다. 그들은 임금 제帝와 호랑이 호虎를 구분하지 못하며, 돼지 시豕와 돼지 해亥를 헷갈려 하지만, 아무도 그것에 대해 지적해주는 사람이 없습니다. 그들이 어찌 돌이켜보고 거리끼는 것이 있어 조금이라도 묻고 배우려고 하겠습니까? 8, 9년 사이에 보고 들은 것이라고는 문서를 작성해 죄인을 기소하는 일이며, 묻고 따지는 것이라고는 범죄 기록을 살펴 형벌을 주는 일입니다. 때때로 궁궐 서고에 쌓여 있는 서적과 명문가의 서가에 진열된 서적을 떠올려 보지만, 하늘과 땅만큼이나 아득하기만 할 뿐이어서 그저 크게 탄식할 뿐이랍니다.

　작년 가을에 백진伯津이 보낸 편지에 이르기를, "인생에는 두 가지 양식이 있다네. 작은 사람은 채소와 고기를 먹으며, 큰 사람은 서적을 먹는다오. 이 두 가지 모두 없으니 거듭해서 슬퍼하네"라 하였다. 이 말은 내가 겪고 있는 괴로운 정황을 참으로 잘 알고 있는 것이지요. 제가 지난 8, 9년 사이에 지은 시문은 그날그날 소일거리로 지었거나, 아니면 남의 요구에 응해서 대충 지은 것들입니다. 제가 어찌 감히 교감과 논변 등을 다룬 글을 지어 박식한 이들에게 비웃음을 사고 스스로 경솔한 데로 빠지겠습니까? 어제 30여

조목에 대해 물으셨는데, 그 조목들은 모두 『예기』 『의례儀禮』 『주례周禮』 『좌씨전左氏傳』 『곡량전穀梁傳』 『공양전公羊傳』 그리고 『이십일대사二十一代史』 등에 나오는 것들이더군요. 비록 기억나는 것이 있지만, 한 글자 한 구절도 종이에 쓰지 못하였습니다. 세상일에 관련이 없고 의리에 해가 되지 않는 것들은 기억나는 바에 따라 빠짐없이 서술할 겁니다. 제가 쓴 것이 반드시 옳다고 확정할 수 없으니, 바라건대 『설문해자說文解字』 『옥편玉篇』, 동월董越의 『조선부朝鮮賦』, 고염무顧炎武의 『일지록日知錄』 등의 서적을 자세히 살펴본 다음에 제 견해를 수용하는 게 좋을 겁니다.

인생에는 두 가지 양식이 있다고 한다. 하나는 채소와 고기이며, 다른 하나는 책이다. 전자는 육체의 생존을 위해 필요한 것이며, 후자는 정신의 성장을 위해 필요한 것이다. 책을 양식 삼아 읽을 수 있다면 가난함도 이겨낼 수 있을 것이다. 그런데 이학규는 이 두 가지 가운데 어느 하나도 제대로 갖추어져 있지 못함을 실감하고 있다. 하루하루를 힘겹게 먹고 살아야 하는 육체적 고통도 힘겨웠겠지만, 문인과 학자로서 독서를 하고 관련 서적을 참고하고 더 나아가 저술을 할 수 있는 문화적 환경이 갖추어져 있지 않은 것이 그에게는 더욱 더 답답한 현실이었다. 정약용에게 보낸 편지글에서 이학규는 다산이 유배지였던 강진과 자신의 유배지였던 김해의 문화적 차이에 대해 지적한 바 있다. 유배 생활을 하면서도 다산 정약용은 해남 윤씨가의 장서 등 수천 권의 도서를 열람하고 제자들과 함께 자신의 저술을 정리하였지만, 이학규는 학문 활동에 필요한 기본적 서적조차 제대로 갖추지 못한 열악한 환경 속에 처해 있었다.

정해진 법은 없다 答鄭義錫

독서와 견해는 본래 정해진 법이 없지요. 짚신 삼는 사람에게 비유해 보겠습니다. 짚신 날의 길고 짧음, 짚신 코의 성글고 조밀함은 오직 자신의 익숙한 눈과 손에 따라 눈대중으로 만드는데도 저절로 딱 들어맞는답니다. 만약 곁에서 온종일 지켜보고 손을 붙잡고 귀에다 대고 시끄러운 목소리로 "아무개 날은 길고, 아무개 날은 너무 짧다. 아무개 코는 성글고 아무개 코는 너무 조밀하다"라고 외친다고 합시다. 이처럼 자기 스스로 손과 눈에 익숙해 있지 않으면 결국에는 맞지를 않게 됩니다. 그래서 이렇게 말하지요.

"빈말은 아무 쓸모가 없고, 스스로 터득하는 것만이 가장 좋다."

 독서와 견해는 자득이 최고임을 말해주고 있다. 이 점을 그는 짚신 삼는 일에 적절하게 비유하고 있다. 짚신 삼는 일은 이학규 자신이 익숙하게 보았던 것이며, 자신도 그 일을 도와주기도 한 적이 있기 때문에, 그 비유가 더욱 절실하게 와 닿는다고 하겠다.

짚신을 삼는 방법은 이렇다. 짚으로 새끼를 한 발쯤 꼬아 네 줄로 날을 하고, 짚으로 엮어 발바닥 크기로 하여 바닥을 삼고, 양쪽 가장자리에 짚을 고아 총을 만들고 뒤는 날을 하나로 모으고, 다시 두 줄로 새끼를 꼬아 짚으로 감아 올려 울을 하고, 가는 새끼로 총을 꿰어 두르면 발에 신기에 알맞게 된다. 여기서 중요한 것은 짚신 코와 날을 일일이 재어보지 않아 눈대중과 손대중으로 만들어도 저절로 딱 들어맞는다는 언급이다. 책을 읽고 자신의 견해를 세우는 일 또한 평소의 경험이 축적된 바탕 위에서 스스로 터득하는 것이 무엇보다는 중요함을 역설하고 있다.

짧은 편지 모음

돌덩이 같은 베개 　與某人

똑같은 추위인데도 곤궁한 사람만이 괴로운 벌을 받는군요. 그래서 이부자리는 쇳덩어리나 나무토막 같고, 베개는 돌덩이 같고, 창호지는 귀신이 울부짖는 듯하고, 요강은 꽝꽝 얼어붙어 덮개를 열 수도 없답니다. 밤새도록 큰 냇물을 건너는 꿈을 꾸었는데, 손발이 덜덜 떨리는군요. 아침에 일어나 팥죽 한 사발을 마시니 그저 추위를 막을 정도이지만 딸꾹질과 신트림이 나서 버틸 수가 없군요. 댁에 생강과 어린 찻잎이 있으면 한 묶음 보내주시기 바랍니다.

득실거리는 빈대 　與某人

며칠 전 밤에 한 시골 사람이 내 집의 흙 침상에 묵었지요. 그런데 낡은 거적 하나를 남겨 놓고 갔습니다. 어젯밤 갑자기 온 몸이 가려워 잠에서 깨어나서는 밤새도록 긁어대었지요. 날이 밝아 살갗을 보니 두드러기가 나 있었습니다. 막 화피산樺皮散을 먹어야겠다고 생각하다가 문득 예전 일이 떠올랐습니다.

예전에 호남의 어느 여관에 묵었을 때 빈대에 물린 자국을 두드러기로 착각했었지요. 오늘 일의 경우 거적이 의심스러워 시험 삼아 그것을 한 번 털어 보았더랬습니다. 그러자 붉은 알갱이들이 이리저리 흩어져 섬돌 위를 물 흐르듯 갑니다. 나도 모르게 오싹 몸이 떨렸습니다. 금잠金蠶은 독벌레여서, 끊임없이 빈대를 만들어 보내고 있습니다. 죽이려 해도 다 없앨 수 없고, 연기를 쏘여도 별 소용이 없고, 푸닥거리를 해도 효과가 없군요. 횃불로 이 집을 몽땅 태우는 것 말고 다른 뾰족한 방법이 없나 봅니다.

부싯돌 答某人

새로 부싯돌을 부쳐 주시니, 고맙고 고맙습니다. 요즈음 밤중에 잠이 오지 않아 오직 담배 피우는 일로 낙을 삼고 있지요. 어젯밤엔 등불도 없고 게다가 화롯불도 없어서, 여기저기를 더듬다가 겨우 부싯돌을 찾았지요. 부싯돌은 고작해야 바둑돌만한데, 반년이 넘도록 두드려서 지저깨비처럼 닳아버렸답니다. 부싯깃도 쓰임에 맞지 않아 힘을 마음껏 썼다가 잘못해서 엄지를 때렸더니 지금까지도 욱신거리는군요. 이 다음에 다시 부싯깃 몇 조각을 보내 주시면 정말 다행이겠습니다.

서둘러 쓴 편지   與某人

아침 일찍 일어나보니, 바람이 서늘하여 온몸이 목욕을 한 듯하더군요. 문 밖에서 황어黃魚를 파는 장사치 소리가 들리니, 올해도 반은 지나갔군요. 남쪽에서 지낸 지 어느덧 8년이 지났습니다. 머리카락은 희끗하고 왼쪽 치아는 흔들거려 마음대로 씹을 수가 없습니다. 우리네들은 어떤 일을 하였고 어떤 정취를 즐기다가 갑자기 이러한 지경에 이르게 되었나요? 근래 집에 오는 편지가 없어 괴로웠던 차에 그대가 서울로 간다는 소식을 들었기에, 나를 위해 편지 한 통을 전해줄 수 있겠는지요? 회답을 기다리며, 급히 써서 부칩니다.

초승달 뜰 때 기다리고 있지요   與某人

어젯밤 계단 앞에서 개구리들이 시끄럽게 울어대는 통에 밤새도록 눈 한 번 붙이지 못했답니다. 아침 일찍 일어나 아이들을 시켜 귀리 잎사귀로 한 가닥 작은 뱀 모양을 만들게 했지요. 그것을 돌계단 사이에 넣어두었더니 개구리 울음 소리가 뚝 하고 그쳤답니다.

오늘은 진창길이 금방 말랐으니 밤중에 초승달이 뜰 겁니다. 이러한 때에 잠시 만나 이야기를 나누시지 않으시렵니까? 몹시 기다리고 있습니다.

신발 끄는 소리에 놀라다　與某人

어제는 혜연惠然과의 약속이 있었지요. 문 밖에서 신발 끄는 소리가 들리기만 하면 제가 몇 번이나 넘어졌는지 모를 정도였답니다. 오늘은 비가 더욱 거세고 진창길도 더욱 미끄러우니 목침을 고이고 낮잠이나 자야겠습니다. 『고려사高麗史』 4책과 5책은 돌려보내니, 6책과 7책을 계속해서 빌려 주시겠는지요?

하루와 사흘과 일 년의 근심　答某人

마을 속담 중에 이런 말이 있지요.

"아침에 과음을 하면 하루 동안의 근심거리가 되고, 새로 꼭 끼는 버선을 신으면 사흘 동안의 근심거리가 되고, 장을 제대로 못

담가 냄새가 나면 일 년 동안의 근심거리가 된다."

이 말은 비록 자질구레한 말이지만, 인정人情에 절실하게 와 닿는 것이 있습니다. 어제 생선국을 먹는데, 그대가 장을 제대로 못 담가서 먹기에 적당치 않다고 하였지요. 여기에는 고칠 수 있는 좋은 처방이 있답니다. 동전 한 닢 무게가 나가는, 인삼 한 뿌리를 꺾어 서너 개 조각으로 만들어 장독 속에 넣어 두면 오래 지나 맛이 제대로 돌아온답니다. 만약 비가 와도 장독대를 덮지 않아 빗물에 장맛이 변하면, 이 방법 또한 아무 효험이 없을 겁니다.

전염병　與某人

요사이 전염병이 극성을 부려 온 사방의 이웃들 가운데 엎드려 눕거나 급사하지 않은 사람이 없을 정도입니다. 하늘로 올라가거나 땅 속으로 들어가는 것 외에는 달리 피할 방법이 없으니, 하루 종일 근심스럽고 무서울 따름이지요. 듣자하니, 서울에서는 전염병이 조금씩 나아져 간다고 하니, 비단 우리 집안의 기쁨일 뿐만 아니라, 국가와 백성을 위해서도 천만다행한 일입니다. 「조무朝霧」 오언 고시 한 편을 아래에 적어 두었으니, 품평해 주기를 바랍니다.

여기에 모아 놓은 짧은 편지글들은 1808년에서 1810년 사이에 작성되었다. 이학규는 이 무렵에 쓴 짧은 편지들만을 따로 모아 한 권의 책으로 편집하였다.

편지글은 대개 자신이 잘 알고 지내는 친구들과 주고받는 것이기 때문에, 자기 내면의 목소리를 보다 진솔하게 드러낼 수 있는 이점이 있다. 이학규는 유배지에서 겪어야 하는 자신의 일상적 고통, 불우와 고독감 등의 정서를 편지글의 형식을 통해 가감 없이 전하고 있다. 그는 유배지에서 하루하루 겪고 있는 일상사의 여러 모습, 그리고 자기 내면의 고통과 괴로움 등에 대해 숨김없이 드러내고 있으며, 때로는 자신의 마음을 터놓고 이야기할 사람에 대한 그리움의 정서를 애틋하게 그리기도 한다. 자신이 '가난하고 천한 자'임을 부정하지 않고, 자신의 참담하고 괴로운 심정을 자기고백적 언술의 형태로 토로한다.

제 3부

생활의 발견

내가 사는 집 匏花屋記

　내가 사는 집은 높이가 한 길이 못 되고, 너비는 아홉 자가 못 된다. 인사를 하려고 하면 갓이 천장에 닿고, 잠을 자려고 하면 무릎을 구부려야 한다. 한여름에 햇빛이 내리쬐면 창문이 뜨겁게 달아오른다. 그래서 둘러친 담장 밑에 박을 10여 개 심었더니, 넝쿨이 자라 집을 가려 주었다. 그러자 우거진 그늘 때문에 모기와 파리 떼들이 어두운 곳에서 서식하고, 뱀들이 서늘한 곳에 웅크리고 있었다. 어두운 밤에 자주 일어나 등촉을 들고 마당을 살펴보았다. 가만히 있으면 가려움 때문에 긁느라 지치고, 이리저리 움직이면 쏘아 대는 것이 두렵다. 이를 걱정하고 신경 쓰느라 병이 생겼으니, 소갈증이 심해지고 가슴도 막힌 듯 답답했다. 찾아오는 손님에게 이러한 사정을 자세히 말하곤 했다.

　서울에서 온 어떤 나그네가 내 말을 듣고 위로를 하였다. 그리고 자신이 예전에 몸소 겪었던 일을 말해 주었다.

저는 어려서 집이 가난하여 장사를 했습지요. 영남 땅의 나루 터, 정자, 역정驛亭, 여관 그리고 궁벽한 고을의 작은 주막들에 이르기까지 제 발길이 닿지 않는 곳이 없었답니다. 무더운 여름철에 여행객과 나그네들이 한 곳에 모이게 됩니다. 수령과 보좌 관원이 먼저 내실을 차지한 채 서늘하게 지내고, 바람 부는 곁채와 시원한 평상은 아전과 역졸役卒들이 차지하지요. 오직 뜨거운 구들과 뜨뜻한 침상에는 벽을 뚫고 관솔불이 비쳐들고 대자리를 깎아 빈대를 쫓아내는 곳만이 남게 되지요. 그곳만은 어느 누구도 다투지 않으며, 우리네 같은 사람들이 이틀 밤을 묵고 지내는 곳이랍니다.

밤이 깊어 사람들 열기로 후끈 달아오르면 마치 가마솥에서 밥이 뜸들 듯한답니다. 게다가 고약한 액취가 나는 사람, 방귀 뀌는 사람, 드르렁드르렁 코를 고는 사람, 이를 빡빡 가는 사람, 옴이 나서 벽을 긁어대는 사람, 잠꼬대를 하며 욕하는 사람 등등 갖가지 모습을 연출하니 이루 다 열거할 수 없을 정도랍니다. 이리저리 뒤척거리다가 도저히 견디지 못한 사람은 옷가지를 집어들고 돗자리를 끼고서 부엌 바닥이나 방앗간, 외양간이나 마구간 등을 찾아다니면서 잠자리를 너댓 번씩 옮깁니다.

그런데 여관집의 노비를 보면 이와 다릅지요. 때가 잔득 낀 지저분한 얼굴을 하고 부지런히 소나 말처럼 분주히 오가며 일을 하지요. 지나다니는 사람들에게 빌붙어 아침저녁을 해결하니, 버려진 음식도 달게 먹는답니다. 그 사람은 취하여 배부르면 눕자마자 잠이 들지요. 우리네들이 예전에 견디지 못하는 것을 그 사람은 편안하게 여기니, 마치 쌀쌀한 날씨 속에 선선한 방에서 잠자듯 한답니다. 그의 모습을 살펴보면 옷은 다 헤지고 여기저기 꿰매었지만 살결은 튼실하고, 특별한 재앙을 겪지 않고 천수를 누리고 있지요.

이것은 다른 이유 때문이 아니랍니다. 그 사람은 자기가 사는 곳을 여관으로 생각하며, 지금의 삶을 본래 정해진 운명이라고 여깁니다. 온갖 걱정과 근심으로 자기 마음을 상하게 하는 일도 없고, 끙끙거리며 탄식하느라 기운을 허하게 하는 일도 없지요. 그래서 재앙을 특별히 겪지 않고 천수를 누릴 사람이랍니다.

또 이런 말도 있습지요. 지금 이 세상은 살아 있는 사람을 봉양하고 죽은 사람을 장사 지내는 여관 같은 곳입니다. 그리고 이 여관은 하룻밤이나 이틀을 묵고 가는 곳입니다. 지금 그대는 이러한 여관에 몸을 기탁해 사는 데다가, 다시 또 멀리 떠나와 궁벽한 골짜기에 몸을 숨기고 있습니다. 이것은 여관 중의 여관에 머물고 있는 셈이지요.

저 여관집의 노비는 일자무식한 사람입니다. 다만 그는 여관을 여관으로 여기면서, 음식도 잘 먹고 하루하루를 지내니, 추위와 더위도 그를 해치지 못하고 질병도 해를 입히지 못한답니다. 그런데 그대는 도를 지키고 운명에 순종하며, 소박하고 솔직한 태도로 행하는 분입니다. 그런데 여관 중의 여관에서 지내면서도 여관을 여관으로 생각하지 않으십니다. 자기 스스로 화를 돋우고 들볶아 원기를 손상시키니, 병이 생겨 거의 죽을 지경에 이르렀습니다. 그대가 배우기를 바라는 것은 옛날 성현의 말씀인데도, 오히려 여관집의 노비가 하는 것처럼도 하지 못하는구려.

이에 그 말을 서술하여 벽에 적고 「포화옥기」라 하였다.

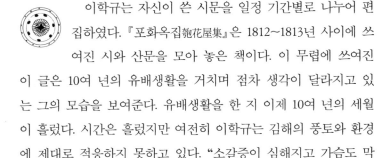

이학규는 자신이 쓴 시문을 일정 기간별로 나누어 편집하였다. 『포화옥집匏花屋集』은 1812~1813년 사이에 쓰여진 시와 산문을 모아 놓은 책이다. 이 무렵에 쓰여진 이 글은 10여 년의 유배생활을 거치며 점차 생각이 달라지고 있는 그의 모습을 보여준다. 유배생활을 한 지 이제 10여 년의 세월이 흘렀다. 시간은 흘렀지만 여전히 이학규는 김해의 풍토와 환경에 제대로 적응하지 못하고 있다. "소갈증이 심해지고 가슴도 막힌 듯 답답했다"는 언급은 이러한 사정을 잘 보여준다.

이 같은 이학규의 상황은 무사태평하게 그날그날을 살아가는 여관집 노비의 상황과 크게 대조를 이룬다. 여관집 노비는 의식주도 부족하고 주인에게 구속된 존재이지만, '자기가 사는 곳을 여관으로 생각하며, 지금의 삶을 본래 정해진 운명이라고' 여기는 인생 태도를 지니고 있다. 현실의 고통을 보다 너그럽게 바라다보려는 그의 의식 변화를 짐작케 한다. 자신의 생활에 대한 새로운 발견이었다.

작은 연못 記小池

작은 방의 서쪽 창문을 열면 오이 덩굴이 있다. 길이는 몇 길이 되고, 높이는 그 반 정도로, 석양빛이 내리쬐는 것을 막으려고 심은 것이다. 그 바깥에 조그만 연못을 팠는데, 가로세로가 각각 세 길 쯤 된다. 부들을 둘러 심고, 개구리밥이 덮여 있다. 연못 안에다가 가물치를 길렀는데, 낚시를 드리우고 유유자적하고자 한 것이다.

해가 기울어 노을이 깃들고, 물이 맑고 바람이 잔잔할 때면 두꺼비와 맹꽁이들이 헤엄치고 잠자리들이 위아래를 날아다니며, 풀꽃이 물 속에 그림자를 비추고 조약돌이 빛을 발한다. 이때 정신을 집중하여 조용하게 바라보고 있노라면 참으로 즐겁다.

연못 주위에는 물총새가 날아다닌다. 크기는 까치만 하고 부리는 딱따구리 같은데, 두 날개는 청록색이고, 목둘레는 누런 갈색이며, 등은 푸른빛을 띠었다. 때때로 물을 차며 날아와서는 한 치가 넘는 물고기를 잡아챘다. 오이 덩굴로 날아가 실컷 먹고는 가 버리는데, 매일매일 그러하였다.

당나라 육노망陸魯望의 시에 물총새를 읊은 작품이 있는데, 그 시는 이러하다.

붉은 가슴에 푸른 날개 들쭉날쭉한데	紅襟翠翰兩參差
꽃을 흔들며 가느다란 가지로 날아오르네	徑拂煙華上細枝
봄물이 불어나면 물고기 쉽게 잡히리니	春水漸生魚易得
비바람에 공치는 일 사양치 마라	莫辭風雨坐多時

아마도 이 새가 바로 물총새일 것이다.

이학규는 김해에서 유배생활을 한 지 20년이 되는 해에 작은 채마밭을 장만하여 오이, 가지, 참외 등을 심으며 한때의 한적한 정취를 추구하였다. 이 글에서 그는 작은 연못에서 일어나는 풍경을 묘사하면서, 특히 석양빛이 비추는 시간을 집중적으로 부각시키고 있다. 앞부분에서 작은 연못의 주변을 배경적으로 물들여 놓았다면, 뒷부분에서는 하루 중에서 석양빛이 비출 때의 광경을 점으로 부각시켜 놓았다. 이를 통해 작은 연못을 가꾸며 한적하게 지내는 정취를 깔끔한 언어로 그려 내었다.

남녘의 뜨거운 햇살이 사라지고, 자연의 사물들이 고요하게 가라앉을 때, 작은 연못을 배경으로 두꺼비, 잠자리, 풀꽃, 조약돌은 저마다의 생기를 뿜어낸다. 이어서 그는 작은 연못에 날아와 물고기를 잡아먹는 물총새의 모습을 색채감을 부각시켜 세밀하게 묘사하고 있다. 물총새의 크기, 부리 모양, 그리고 날개와 목과 등의 빛깔에 이르기까지 서술해 놓은 다음 작품 끝에 이르러 오이 덩굴을 다시 등장시킴으로써 수미상응의 효과를 연출하였다. 특히 물총새가 물고기를 잡아 오이 덩굴로 날아가기를 매일처럼 하였다는 대목은 속기를 벗은, 지금의 한아한 정취가 오래 지속되기를 바라는 이학규의 바람을 암시한다. 이 같은 그의 정취를 표현, 묘사하는 언어는 매우 간명하면서 깔끔하다.

작은 채마밭 記小圃

채마밭은 작은 집의 서북쪽에 둘러 있는데 좁고 길다. 빙 둘러 90자 정도 되었다. 서쪽으로는 흙담이 둘러 있고, 북쪽으로는 억새풀 울타리가 쳐 있다. 담장에 붙어서 감나무 한 그루가 서 있고, 울타리 가까이에는 감나무 두 그루가 서 있어서 짙은 그늘이 지붕을 덮고 있다. 울타리가 끝나고 동쪽으로 앵도나무 한 그루가 있으며, 서쪽으로는 석류나무 두 그루가 심어져 있는데, 모두 열매가 잘 익고 아주 달다. 울타리를 따라 양하蘘荷와 대가 자라고 있는데, 줄기와 잎이 서로 비슷해서 높낮이로만 둘을 구별할 수 있었다.

한가한 날에 계집아이를 시켜 오이, 가지, 참외, 후추 등을 옮겨 심게 하였다. 날씨가 조금 따뜻해지면 짚방석을 깔고 감나무 밑 그늘에 누워서 북쪽 갑문의 여울물 소리를 듣거나, 동림사東林寺의 뻐꾸기 소리를 들으니, 매우 즐거웠다.

그런데 조금 서쪽으로 관아의 문이 가까이 있다. 때때로 역졸役
卒들이 '물럿거라'고 외치는 소리가 들리어 기분을 상하게 만든다.
땅은 습지여서 쉽게 얼었다가 언 땅이 풀리기는 어렵다. 씨를 뿌
리고 모종을 내어도 대부분 잘 자라지를 않았다. 서쪽에다가 작은
연못을 파서 물을 흘려보냈지만, 여전히 마찬가지였다.

내가 김해에 온 지 20년 만에 비로소 집을 세내어 빌렸다. 악소
배惡少輩의 집이 가까이에 있어서, 마음이 몹시 실망스러웠다. 10
일도 되지 않아 다시 하인이 거처하는 방으로 옮겼다. 일 년이 되
지 않아 다시 집을 샀는데 저자 거리에 가까웠다. 마지막으로 이
채마밭을 구하였지만 여전히 본래 내 뜻에 흡족하지는 못하였다.
한 해가 끝나기 전에 고서문古西門에다가 초가집 하나를 사서 거
처하려고 마음먹었는데, 아직 실행에 옮기지 못하였다.

이학규는 1820년에 작은 채마밭이 있는 집을 마련하
여 채마밭에 채소도 가꾸고, 연못을 파서 물고기도 기르
는 등 예전에 비해 안정된 삶을 살고 있다. 채마밭이 둘
러 있는 이 집은 세 번에 걸쳐 옮겨 다니다가 어렵게 구한 것인
만큼 애착이 갔을 것이다. '내가 김해에 온 지 20년 만에 비로소
집을 세내어 빌렸다'는 표현은 이 점을 잘 보여준다. 20여 년의

유배생활을 거치며 그는 점차 여유롭고 평온한 마음을 되찾아 갔던 것으로 보인다. 이 무렵에 이르러 은일자족하는 전원의 정취를 노래하는 한시 작품을 창작하는 것도 이 점과 무관하지 않을 것이다.

남포 유람기 遊南浦記

계유년(1813) 가을 9월.

비가 막 그치더니 날씨가 갑자기 선선해졌다. 김해부 사람 김
표金杓가 찾아와 이렇게 말했다.

"예전에 마을 어른들과 함께 남포南浦로 자주 놀러 갔었지요.
놀러 나갈 때마다 항상 술과 음식을 풍성하게 장만하고 의관을
정제하였답니다. 그런데 술과 음식을 풍성하게 장만하면 따르는
사람들이 개미떼처럼 달라붙고, 소란스럽고 화를 내는 일이 생기
곤 하더군요. 의관을 정제하고 나서면 뱃사공이나 장사꾼들이 쳐
다보는 통에 돌아다니기가 편치 않더군요. 그러니 어찌 즐길 것이
있었겠습니까? 이제 다시 선생님을 모시고, 예전에 했던 일과는
반대로 한 번 해보면 어떨까요?"

내가 곧바로 "좋네"라고 대답했다.

식사를 마치고 나서, 이웃집에서 갈대로 만든 갓과 짚신을 빌

리고, 비가 오더라도 가자고 약속을 하였다.

동행한 사람은 모두 네 명이었다. 한 사람은 큰 술동이를 졌는데, 술동이에는 막걸리 두 말이 들어 있었다. 또 한 사람은 낚싯대 세 개를 어깨에 메고 있었는데, 다른 사람 것을 대신해 들고 갔다. 또 한 사람은 오리 사냥을 하는 사람으로, 탄환을 지니고 있었다.

해서문海西門을 나와서 곧장 남쪽으로 4, 5리를 걸어가 하씨의 포구에 도착했다. 하씨는 고기잡이하는 사람인데, 김표와도 친한 사이였다. 작은 배 한 척을 빌려 탔다. 여기서부터는 물길을 따라가는데, 포구와 물길이 많은데다가 주변은 온통 개펄이고 갈대가 자라고 있었다. 배가 갈대밭을 지나가는데, 물은 더럽고 탁하여 비린내가 났다. 갈대의 흰 꽃과 누런 잎이 서걱서걱 우리들 옷과 갓에 닿았다. 이따금 쿨럭쿨럭 기침소리가 들리며 누구냐고 묻는 사람이 있었다. 낚시를 하는 사람이 굽이진 포구에 앉아 친구를 기다리고 있는 것이었다. 물새들이 기침 소리를 듣더니 모두들 푸드덕 떼 지어 날아갔다.

조금 앞으로 나가는데, 하류에서 거룻배가 내려오며 급히 소리쳐 부른다.

"상앗대를 좀 멈춰 보게. 부딪치면 안 되네."

누구냐고 물어보니, 녹산菉山에 가서 소금을 사오는 사람이었다. 성은 심씨로, 김표와도 잘 아는 사이였다. 관솔불과 불빛 몇 개를 주고 갔다.

얼마 있다가 달이 뜨고 서풍이 크게 일어나자 배에 탄 사람들이 모두 몸을 웅크렸다. 순식간에 포구에 이르니, 하늘과 물이 크게 환해져 눈이 휘둥그레질 정도였다. 가까운 곳은 황금빛이 번쩍여서 거울이 비추는 듯하고, 먼 곳은 옥빛 전답이요 은빛 바다였다. 전체적으로 말해보면, 달이 물을 만나면 더욱 맑아지고 물이 바람을 만나면 더욱 일렁거리는 법이다. 배에 같이 탄 사람들은 모두 고기 잡는 어부들인데, 이러한 광경을 자주 보지 못했다고 한다.

대개 포구의 경치는 가을이 가장 좋고, 가을 경치는 밤과 새벽이 가장 좋다. 또 밤에는 달이 뜨고 새벽에는 안개가 낄 때가 가장 좋다. 다만 큰 안개가 끼어서는 안 된다. 물새가 떼를 지어 밤새도록 울어대는데, 소리가 높고 밝은 것은 고니다. 멀리서 들어야 좋은데, 그 소리는 횡취곡橫吹曲에 뒤지지 않는다.

포구에 나는 물고기로는 입이 크고 갈색 빛이 나는 것이 있는데, 상강霜降 절기가 지난 후 밤에 잡아야 좋다. 잘 잡는 사람은 하룻밤에도 수백 마리를 잡는데, 나와 김표는 한 마리도 잡지 못했다. 전날 밤 하씨에게 물고기 한 바구니를 사서 배 바닥에 놓아두었는데, 이것을 가져다가 회로 썰어 술안주를 했다.

술을 마시며 김표에게 이렇게 말했다.

"이곳은 물이 아주 넓게 펼쳐져 있는데, 가장 깊은 곳이라야 한두 길에 지나지 않네. 물 한가운데에 돌을 쌓아 두 길 남짓 높이로 네모난 기단을 만들고, 그 위에 기단의 반쯤 되는 높이로 주춧돌을 세우네. 그 위에 누각을 세우는데, 가로세로 네 기둥을 세운다네. 사방에는 휘어진 난간을 설치하고, 가운데에는 방을 만들고 격자창과 별 모양의 창문을 다네. 여기에는 모두 돌비늘을 붙이고 담황색 비단 주렴을 걸어놓았지. 그것들은 주름 무늬 비단처럼 아주 곱다네. 방 안에는 서첩, 그림, 찻그릇, 술잔, 거문고, 바둑, 베개, 그리고 오래된 골동품들을 보관해 두고, 여종 둘과 서동書童 둘을 데리고 지낸다네. 모두 예쁘고 나이 어린 아이로서, 시를 잘 짓고 노래도 잘 부르네. 누각 아래에는 작은 배 두 척을 매어 두고, 하인 두 사람이 맡게 하네. 한 사람은 저자를 오가며 술과 안주를 사오게 하고, 다른 한 사람은 포구를 돌아다니며 날마다 낚시질을 하여 아침저녁을 제공하게 한다네. 내가 이렇게 산다면 만족할 것일세."

김표가 벌떡 일어나며 말했다.

"누각의 이름은 뭐라고 하면 좋을까요?"

"수심루水心樓가 어떻겠는가?"

"비용은 얼마면 될까요?"

"십만 냥이 아니면 안 될 걸세."

배에 탔던 사람들이 모두 웃었다.

새벽이 되어 썰물이 빠지고 바람이 더욱 거세졌다. 배가 바람과 썰물을 거슬러 돌아가려고 하니까, 앞으로 한 치 나갔다가 뒤로 한 길 물러났다. 배에 타고 있던 사람들은 기운이 다 빠지고 숨을 헐떡였다. 전날 밤 심씨 성의 노비가 물고기 통발을 건지려고 새벽녘에 나왔다가 우리를 보고 깜짝 놀라서는 힘을 합쳐 노를 저었다. 하씨의 포구에 도착하니, 해가 중천에 높이 떠 있었다. 서둘러 갓을 찾아 얼굴을 가린 채 해서문에 이르렀다. 길가를 따라 고을 사람들이 걸음을 멈춘 채 우리를 가리키며 웃고 있었다.

경진년(1820) 늦여름에 나는 동쪽 묵정밭의 시골집에 머물고 있었다. 마침 김표가 나를 찾아와 말을 나누다가 몇해 전 늦가을에 있었던 유람에 대해 이야기하게 되었다.

이에 붓 가는 대로 기록해 둔다.

1813년 가을에 남포에서 뱃놀이하던 일을 쓰고 있다. 남포는 김해팔경金海八景의 하나로, 갈대숲이 장관을 이룬다. 그래서 철새들이 해마다 겨울이면 찾아드는 곳이기도 하다.

남포 일대의 유람을 적어놓은 이 글에서 전반부는 유람을 하게 된 계기에서부터 시작하여 동행한 사람, 유람하는 도중의 사연들을 특별한 수식 없이 빠른 템포로 서술하였다. 장면 장면에 대한 세밀한 묘사 대신 그는 간결한 필치로 남포를 여행하는 과정을 빠른 속도감으로 그려내고 있다. 그것은 남포의 멋진 광경을 서둘러 구경하고자 하는 그의 조바심을 암시한다.

   후반부는 남포의 아름다운 정경과 이학규의 소망을 상세하게 서술해 놓았다. 그는 남포의 아름다운 광경을 세부적으로 묘사하는 대신에, 자기 나름의 취향으로 선택적으로 제시해 놓았다. 가을 중에서도 새벽과 밤, 그리고 그 중에서도 달이 떠 있는 밤 혹은 안개가 너무 많이 끼어 있지 않은 새벽이야말로 남포의 가장 아름다운 광경이라고 하면서, 그러한 광경 속에서 느끼게 되는 정취를 고조시키고 있다.

   남포의 풍경에 한껏 흥취가 달아오른 그는 멋진 누각을 짓고 여유롭게 살아가고픈 상념에 흠뻑 젖어들게 된다. 마음껏 공상을 펼치며 가상의 공간 속에 축조된 누각의 화려한 모습을 떠올린다. 그는 누각의 규모와 장식, 누각 안의 온갖 기물들, 그리고 여종과 서동 및 배 두 척, 누각의 이름과 설비 비용 등에 이르기까지 상세하게 열거하고 있다. 현실에서의 번민과 우수를 떨쳐 버리고픈 그의 절실한 욕구를 읽을 수 있다.

이학규는 현재 자신이 처한 불우한 상황에서 벗어나 잠시나마 위안을 얻고자 하였던 것이다. 이 부분은 이학규의 외조부였던 혜환 이용휴가 한아한 필치로 상상 속의 정원을 형상화한 「구곡유거기九谷幽居記」와 닮아 있다. 이용휴의 그것과 달리 이학규는 한때의 흥취 속에 자신이 평소 꿈꾸어 왔던 한아한 삶의 모습을 다소 호사롭고 다채롭게 펼쳐 보이고 있다. 현실 가능성이 있는 바람이나 상상이라기보다는, 유배지 삶의 고통으로부터 일시적이나마 벗어나고픈 그의 실현 불가능한 꿈이다.

한숨 쉬는 집 舒嘯記

길에서 짐을 지고 가던 사람이 무거운 짐을 내려놓으면 '휴우'
하고 숨을 내쉰다. 고개 길을 지팡이 짚고 가던 사람이 집에 도착
하면 '휴우' 하고 숨을 내쉰다. 힘든 일이 끝나면 시원스레 숨을
내쉬게 되는데 자신도 모르게 소리가 터져 나온다. 지금 시골 풍
속에서 말하는 '한숨을 쉬다(舒嘯)'는 것이 바로 이것이다.

무천茂川의 서생徐生은 교외에 몇 이랑의 전답을 갖고 있다. 그
전답 가운데에 집을 짓고 여덟 식구가 농사를 지으며 살고 있다.
때때로 꽃과 과일을 심어 가꾸며, 여러 서적들을 열람한다. 그는
고된 일을 하는 부류의 사람이 아닌데, 집 이름을 '서소舒嘯'라고
하였다.

어떤 사람이 그 까닭을 물어보니, 서생이 다음과 같이 대답했다.

"저는 어렸을 때에 집이 가난했지요. 모친을 봉양하고, 게다가
여러 동생과 조카들까지 있어, 아침저녁으로 쓰이는 물건과 철마

다 필요한 것들을 모두 저에게 의지하였지요. 저는 시끄러운 일을 좋아하지 않고 화려한 물건을 즐기는 사람이 아닙니다. 그런데 지금 제가 나이가 들어 물품 매매를 기록하는 일을 맡아서 의관을 정제하고 저자 거리를 돌아다니며, 날마다 비단과 곡물의 출입과 장부의 많고 적음에 매어 있습니다. 그러나 어찌 제가 하고 싶어 하는 일이겠습니까?

매번 저는 이 집에 이를 때마다 생각합니다. 문에 들어서면 상쾌하기가 마치 구불구불 이어진 길을 지나 평지에 이르는 것과 같고, 방 안에 누우면 가볍기가 만 근이나 되는 무거운 짐을 내려놓은 것과 같지요. 그러면 저 자신도 모르게 한 번 '휴우' 하고 숨을 내쉬게 됩니다. 저녁에 숲 속을 거닐거나, 새벽녘 오동나무 안석에 기대어 있을 때면 시원스러운 소리가 맑게 울려 퍼지는데, 고목에 앉은 솔개가 된 듯하기도 하고 버드나무의 매미가 된 듯하기도 합니다. 저는 한가로운 날을 기다려 비단과 곡물의 출입을 적어놓은 장부를 잊어버리려 합니다. 그때가 되면 기장으로 밥을 짓고 이슬 맞은 아욱을 삶아 먹으며 그대와 함께 한 번 상의해 보겠습니다."

집의 이름이 특이하다. '한숨 쉬는 집'. '집'은 일상의 반복되는 잡무에서 벗어나 잠시 휴식을 취하며 마음의 안정을 되찾을 수 있는 공간이다. 그렇기 때문에 우리는 집의 현관문을 들어서는 순간 어깨를 내리눌렀던 무거운 짐을 잠시 내려놓으며 '휴우' 하고 한숨을 쉬게 되는 법이다. 이렇게 보면 집 이름이 썩 잘 어울리는 것 같다.

'한숨 쉬는 집'의 주인은 짐작하건대 김해의 아전인 듯하다. 물품 매매를 기록하는 직책을 맡아 관아와 저자를 부지런히 오고 간다. 게다가 그 일은 자신이 하고 싶어 하는 일도 아니다. 마치 무거운 짐을 짊어진 채 힘겹게 하루하루를 생활에 쫓기며 살아간다. 계속되는 일상의 고된 잡무에서 벗어나는 것은 하루의 일과를 마치고 집에 돌아와서이다. 그동안 어깨를 내리눌렀던 무거운 짐을 잠시 내려놓을 수 있기 때문이다. 고단하게 살아가는 이들의 아픔을 잘 드러내고 있다.

금계의 둥지   錦鷄巢記

권자상權子常이 자신이 거처하는 방에 '금계소錦鷄巢'라는 편액을 달았다. 내가 비유적으로 예를 들어 그에게 말했다.

"금계錦鷄는 산닭으로, 일명 준의鵔鸃라고도 하네. 성질이 곧고 싸움을 잘하기 때문에, 집닭과 싸우게 한다면 사로잡을 수 있다네."

그러자 자상이 말했다.

"저는 세상을 살아가는데 기름을 칠한 듯 유들유들하게 사는 것을 덕으로 삼고, 가죽부대처럼 늘었다가 줄었다가 하는 것을 법으로 삼아서 남들과 다르게 살려고 하지 않았지요. 더구나 싸움을 잘하는 무리가 아닌 이들과는 더욱 잘 어울립니다."

"금계는 자신의 아름다운 털을 스스로 사랑해서 하루 종일 물에 비추어 보다가 빠져 죽기도 한다네."

"나는 궁벽한 곳에서 살았기 때문에 어魚 자와 노魯 자를 겨우 구분할 줄 알고, 제帝 자와 호虎 자를 헷갈려 합니다. 하물며 내 자신의 문채文采를 자랑하겠습니까?"

"금계에는 토수吐綬가 있다네. 모이 주머니에 육질의 돌기가 달려 있으며, 붉고 푸른 빛깔이 환하게 빛난다네. 때가 지나면 모이 주머니 아래로 돌기를 숨기는데, 비록 그 털을 헤쳐도 다시 볼 수가 없다네."

"저는 어려서 집이 가난했지요. 베옷도 제대로 못 입고, 낡은 옷을 입고도 남들을 부러워하지 않았지요. 어찌 남들 몰래 감추어 둔 보물 같은 게 있겠습니까?"

"금계 중에는 울거나 춤추지 않는 것이 있다네. 그런데 큰 거울을 앞에다 갖다 놓으면 자기 모습을 비추어 보면서 쉼 없이 춤을 춘다네."

"저는 태어나서 얼굴도 못 생기고 체구도 작습니다. 어찌 제 자신을 돌아보며 사랑하고 높이 날며 멋을 내겠습니까?"

"금계는 눈이나 비가 내리면 모이를 먹으려 내려오지 않으니, 진흙에 더럽혀질까 염려해서라네. 심지어는 굶어죽기도 한다네."

"아! 그것이 바로 저의 뜻입니다. 저는 예전에 몸을 깨끗이 하고 몸을 수양하여 길을 골라 다녔습니다. 오직 욕심 많은 유량庾亮의 먼지[1]와 탐욕스러운 배일민裵逸民의 여파餘波[2]가 저에게 누를

1) 중국 동진東晉 때 사람. 임금의 장인으로, 세 임금을 모시면서 모든 권

끼칠까 두려워하였습니다. 때때로 마을 사람들을 위해 일을 주선하기도 했는데, 뜻하지 않게 일이 잘못되었습니다. 그러자 수령이 저를 사기꾼으로 지목하고, 마을 사람들은 저를 청렴치 못하다고 의심하였습니다. 저는 차라리 문을 닫아걸고 교제를 끊고자 하니, 굶어 죽는다 해도 후회하지 않을 겁니다."

이에 나는 이러한 그의 뜻을 슬퍼하고 그의 절조를 흠모하였다. 그리고 자상을 격려하고, 자상의 아들과 조카들에게 경계를 삼도록 하였다.

이 글은 권자상權子常(김해의 아전)이 자기가 거처하는 집의 이름을 "금계소金鷄巢"라고 한 것에 대한 기문記文이다. 이 글의 묘미는 작품 제목인 '금계'의 특징을 권자상이 지향하는 것에 비유하는 데에 있다. 이학규와 권자상 사이

력을 독차지하였다. 사람들이 그에게 아부를 하자, 왕도王導가 이를 못마땅하게 여겨 서풍에 먼지가 이는 것을 보고, 부채를 들어 말하길, "유량은 먼지 속 사람이다"라고 했다는 고사가 있다.
2) 중국 쯥나라 배기裵頠. 일민은 그의 자. 매우 탐욕스러웠다고 함. 장충張忠이 그와 연루되는 것을 싫어하여 말하길, "깊은 연못에 빠져 그 여파에 나에게 미칠까 두렵다"라고 하였다.

의 계속되는 문답에서 그는 금계의 외형과 습성을 들어 묻고 있으며, 이에 대해 권자상이 자신의 속마음을 대답하는 형태로 구성되어 있다. 금계는 그 모습이 꿩과 비슷한데, 수컷은 머리 위에 금빛의 관모가 있으며, 목은 황색이며 등은 암녹색으로 자줏빛이 섞여 있다. 꼬리가 아주 긴데, 대개 완상용으로 기른다. 머리의 장식깃과 허리가 광택이 나는 황금색을 띠므로 금계라고 한다.

그는 금계의 여러 습성을 비유로 제시하여 권자상으로 하여금 지금의 상황에 놓이게 된 연유를 유도해 내는 구성 방식을 취하고 있다. 이러한 우회적 과정을 거쳐 권자상 스스로 "문을 닫고 교제를 끊고서 죽어도 후회하지 않을 겁니다"라는 대답을 이끌어 냄으로써, 자연스럽게 "그의 뜻을 슬퍼하고 그의 절조를 흠모하였다"라는 이 작품의 주지를 드러내었다.

바둑 둘 때 경계할 일 書奕碁譜後

나는 일찍이 바둑 둘 때 경계해야 할 다섯 가지 항목에 대해
글을 지은 적이 있다. 그 글은 얕은 식견과 졸렬한 솜씨를 가진
사람들을 위해 지은 것이다. 그런데 남의 집 자제들 가운데 이 다
섯 가지 항목의 경계를 많이 어기어 동료들에게 비난을 받거나
비웃음을 당하는 일이 자주 있다.

첫째, 바둑 두는 사람에게 하도낙서河圖洛書와 같은 비결이 있다
고 말하지 말라. 공안국孔安國이 말하길, "하도河圖는 복희씨가 천
하를 잘 다스리자 용마龍馬가 황하에서 출현하였다. 마침내 용마의
등에 그려진 무늬를 본떠 팔괘八卦를 그렸다. 낙서洛書는 우임금이
홍수를 다스리자 거북이가 나타났는데, 등에 무늬가 줄지어 있었
고 숫자가 아홉까지 있었다. 이를 차례대로 배열하여 홍범구주洪範
九疇를 만들었다. 팔괘와 홍범구주가 두 사람이 주고받으며, 손님
들과 만나 소일거리로 보내는 바둑 두는 일과 무슨 관계가 있겠는

가? 그렇게 말하는 자들은 스스로 노망에 든 것일 뿐이다.

둘째, 스스로 고수라고 말하지 말라. 세상의 허풍 떠는 자들은 자기 급수가 낮다고 말하길 부끄럽게 여긴다. 만약 잘 두느냐고 물어 보면 애매모호하게 대답을 한다. 마치 자신이 고수인데 일부러 겸손한 것처럼 행동하는 것이다. 그러나 조금만 시험해 보더라도 고수인지 아닌지가 금방 판별난다. 조금이라도 식견이 있다면 결코 이러한 행동을 하지 않는다.

셋째, 흰 돌을 잡으려고 다투지 말라. 세상 사람들은 고수가 흰 돌을 잡고, 나이 많은 사람이 흰 돌을 잡는다고 한다. 심지어는 목에 핏대를 올리며 입에 거품을 물고서 죽기 살기로 흰 돌을 잡으려고 한다. 나는 이렇게 생각한다. 이기는 사람이 고수이고, 공경과 예의를 받는 사람이 연장자이니, 반드시 흰 돌을 잡는 사람만을 고수라고 여겨서는 안 된다.

넷째, 이기기를 좋아해 화를 내지 말라. 바둑은 본래 소일거리다. 그런데 도리어 발끈 화를 내기도 하며, 심지어는 바둑판과 바둑통을 뒤집어엎거나 눈을 부라리며 욕설을 퍼붓는다. 옛 사람의 시에 이렇게 읊었다.

> 내기 끝나면 두 통에 흑백 알을 나누어 넣으니 戰罷兩奩分黑白
> 바둑판 어디에서 이기고 지는 것을 보겠는가? 一枰何處見輸贏

작자미상, 「위기도」

나는 「바둑판에 새기는 글」에서 다음과 같이 지었다.

가난한 살림을 겉으로 내색하는 일   簞食色見

군자가 부끄러워하는 것이라네   君子攸恥

하물며 이 바둑판은　　　　　　　短玆一推

그저 나무와 돌일 뿐　　　　　　　木石而已

이 점을 안다면 악습을 제거할 수 있을 것이다.

　다섯 째, 수를 속여 남을 기만하지 말라. 속이는 일은 크든 작든 모두 추악한 행동이니, 군자는 이를 부끄럽게 여긴다. 또한 바둑 잘 두는 사람은 미리미리 내다보는 포국을 할 수 있으니, 한 수 한 수를 놓는 게 다 관계가 있고, 한 수 한 수를 허투루 두지 않기 때문이다. 바둑을 잘 두는 사람은 겉으로는 남에게 속는 것처럼 보이니, 이 사람과 비교한다면 어떠한가?

　아! 슬프다.

　바둑 둘 때 경계해야 할 점을 다섯 가지로 요약했다. 비결이 있다고 말하기, 고수로 자처하기, 흰 돌을 잡으려고 다투기, 이기기 좋아하여 화내기, 남을 기만하기 등이 바둑 두는 사람이 피해야 할 경계처다. 다섯 가지로 정리한 사항은 누구나 읽어도 충분히 공감이 가는 내용이다. 공감을 줄 수 있는 설득력이 돋보이는 한편, 바둑 두는 사람의 그릇된 행태와 심리를 매우 실감 있게 잘 그려내고 있다. '목에 핏대를 올리며 입에 거품을 물고서 죽기 살기로 흰 돌을 잡으려고 한다'거나 '바둑판과 바둑통을 뒤집어엎거나 눈을 부라리며 욕설을 퍼붓는다' 등의 표현은 식견도 얕고 바둑 솜씨도 별로인 사람들의 홍분하는 모습을 눈에 선하게 잡아내고 있는 것이다.

투전 도박 戒馬弔說

힘들게 일하지 않고도 갑자기 돈을 많이 버는 것은 비속한 사내들이 바라는 것이다. 남들 모르게 남의 주머니를 뒤져 훔치는 것은 간사한 무리들이 바라는 것이다. 이것이 바로 투전鬪錢 도박이 생겨나게 된 까닭이며, 오늘날 사람들이 그것을 좋아하여 죽을 때까지 그만둘 줄 모르는 까닭이다.

여기 재물에 인색한 자가 있다. 친구들이 그에게 쌀을 꿔 달라는 편지를 보내고, 친척들이 구두쇠라고 비난을 하면, 이맛살을 찌푸린 채 이렇게 욕을 해댄다.

"네 것을 떼먹은 적이 있느냐? 네 은혜를 저버린 적이 있느냐? 어찌하여 이처럼 사사건건 나를 못 살게 구느냐?"

처음에는 애써 공손하게 거절을 하다가, 끝내는 얼굴을 붉힌 채 입에 거품을 물고 손사래를 치며 집 안으로 발도 들여 놓지 못하게 한 적이 여러 번이다. 아! 가난한 사람을 구제한다고 해서 어찌 모두 보답을 바라겠는가? 남몰래 덕을 베풀면 아름다운 이름이 남는 법이다.

주위 사람들에게 인색했던 사람이 한 번 도박장에 발을 들여놓으면, 친구들이 자기를 쩨쩨하게 볼까 봐, 그리고 호탕하다는 신망을 잃어버릴까 봐 걱정한다. 이에 돈주머니를 쟁그랑 소리 나게 두들기며, 옆 사람들에게 과시한다. 심지어는 몹시 추운 날에도 눈보라를 개의치 않으며, 낮이 긴 하지夏至날 밤에는 촛불을 밝힌 채 동이 틀 때까지 헝클어진 머리와 너저분한 얼굴에 눈동자는 시뻘겋게 충혈되어 있다. 설사 조금 돈을 땄다고 하더라도, 대부분은 등불 비용이나 밥값으로 나가고, 개평으로 빼앗긴다. 돈을 잃는 경우에는 바로 자기 집 전 재산을 날리니, 돈 꾸러미는 연달아 모질고 의리도 없는 자의 수중으로 넘어가게 된다. 훗날 길에서 만난다 한들, 그 사람이 감사하다는 말을 한 마디라도 하겠으며, 술 한턱이라도 내겠다고 하겠는가? 다만 팔을 내저으며 서둘러 지나갈 것이다.

매번 도박에서 돈을 잃은 사람을 보면, 마치 소갈증에 걸린 자가 물을 마시면 마실수록 더 목이 마른 것과 같다. 처음에는 잃었지만 나중에는 꼭 돈을 딴다고 생각한다. 그러나 뒤집어져 섞여 있는 80장의 종이쪽지를 네 사람이 번갈아 뽑으니, 애당초 어떤 것이 나올지 아무도 예측할 수 없다. 그러니 어찌 전에는 돈을 잃었지만 이번만큼은 솜씨 좋게 돈을 딴다고 할 수 있겠는가? 처음엔 이웃을 속여 돈을 빌리고, 가짜 물건을 팔아 사기를 치기도 한다. 그리고 자기 집 물건을 가지고 나가 몰래 빚지기도 한다. 심지어는 남의 집 물건을 훔치다가 관아에 적발되기도 한다. 대갓집의 후손과 고관대작 자제 가운데 죄인의 몸이 되어 세상 사람에게 모욕을 당한 사람들도 많았다. 도박을 하는 자들은 한편으로는 "나는 실로 무료하고 심심하다. 여기에는 오묘한 것이 있으니, 무료함과 심심함을 달랠 수 있다"라고 한다. 다른 한편으로는 "나는 정말 고수다. 예전부터 돈을 많이 땄으니, 이 때문에 망한 적이 없다"라고 한다. 아! 이러한 말들이 한 번 퍼지자, 이를 좇아 도박에 빠지는 자들이 많아지게 되었다.

사람이 태어나서 그 누가 부모가 없겠으며, 임금과 스승과 어른이 없겠으며, 처자와 형제와 노복이 없겠는가? 선비나 농부이거나, 아니면 공장이, 장사꾼, 머슴, 거지다. 한 사람의 몸으로 많은 일들을 하느라 애쓰고 허둥대면서 밤을 낮 삼아 지내도 부족할 텐데, 어찌 무료하고 심심하다는 말이 나오겠는가? 만약 찾아야 할 비결이나 즐거운 소일거리를 말한다면, 짚신 삼고 방석 짜는 일에도 모두 오묘한 깨달음이 있으니 참으로 즐길 만하다. 빼앗거나 도굴을 해서 재물을 모은 경우도 있고, 장사를 해서 돈을 벌었다는 경우는 있었지만, 도박을 해서 부자가 되었다는 말은 여태껏

들어보지 못하였다.

　그리고 고수는 한 번도 망한 적이 없다는 말을 하는데, 이것은 참으로 망령된 말이다. 저들은 도박을 처음 할 때부터 고수였단 말인가? 반드시 여러 달과 여러 해에 걸쳐 점차 능숙하게 익혔을 것이다. 능숙하게 익혔어도 지는 법이거늘, 하물며 능숙하게 익히지도 않은 시절이야 더 말할 것도 없다. 도박하는 자들은 돈을 잃었을 때의 속상함은 말하지 않고, 이겼을 때의 통쾌함만을 떠벌린다. 또한 부모와 형제가 야단을 치며, 수령이 죄를 주고, 친척이 미워하며, 친구들이 등을 돌리기도 한다. 비록 한 번에 백만 냥을 따고 백발백중 한 번도 잃지 않는다고 하더라도, 마땅히 굳은 결심과 맹세로 도박을 내처도 부족하거늘, 어찌하여 발정한 수캐가 암캐를 쫓아가듯 앞 다투어 달려가 돌아올 줄을 모르는가?

　슬프도다.

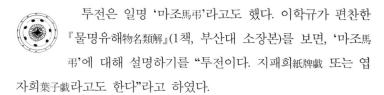

　투전은 일명 '마조馬弔'라고도 했다. 이학규가 편찬한 『물명유해物名類解』(1책, 부산대 소장본)를 보면, '마조馬弔'에 대해 설명하기를 "투전이다. 지패희紙牌戲 또는 엽자희葉子戲라고도 한다"라고 하였다.

　힘들게 노동을 하지만 가난에서 벗어나지 못하는 일반 민중에

김득신, 「투전도」

대해서는 따뜻한 시선과 연민을 느낄 수 있다. 하지만 일확천금에 눈이 멀어 전재산을 모두 도박에 날려버리는 부류에 대해서는 가차 없는 비판이 가해진다.

당시 김해 지역에는 투전과 골패 등의 도박놀이가 성행했다. 골패는 일본인들이 많이 거주하였던 동래 지역에서 건너온 도박이었다. 투전은 조선 후기에 들어와 일반 서민, 중인층, 양반층에 이르기까지 광범위하게 성행하고 있었다. 투전 도박이 크게 유행

하자 한판에 큰 돈을 걸어 패가망신하는 일이 자주 있었다. 또한 고을 서리들이 관곡을 축내고 부정을 일삼는 이유의 하나가 이러한 도박에 빠져들었기 때문이었다. 정약용은 『목민심서』에서 투전에 대해 말하기를, "마음을 망가뜨리고 재산을 탕진하여 부모와 종족의 걱정거리가 되는 것"이며, "아전이 관청 물건을 자기 마음대로 사사로이 쓰기도 하고 군교가 부정을 저지르는 것"의 빌미가 되었다고 말한 바 있다.

먹지 말아야 할 음식   食忌譜序

먹지 말아야 할 음식은 알아야 하기도 하지만, 그렇다고 모두 다 알 필요는 없다. 왜 그러한가?

강가나 바닷가에서 살던 사람이 산골에 가게 되면 여로를 훌륭한 채소라고 생각하고, 독버섯을 하늘에서 내려온 꽃이라고 여긴다. 산골에 살던 사람이 강이나 바다에 가게 되면 발이 세 개인 자라와 집게발이 하나뿐인 게가 사람을 죽일 수 있음을 알지 못한다. 이것이 먹지 말아야 할 음식에 대해 알아야 하는 까닭이다.

대합조개와 참조개는 신 것을 싫어하지만, 요리사는 식초를 써서 대합조개를 연다. 감은 술을 싫어하지만, 술자리에서 감으로 안주를 삼는다. 이러한 것 때문에 병에 걸리거나 일찍 죽었다는 말을 들어보지 못했다. 이것이 먹지 말아야 음식에 대해 모두 알지 않아도 되는 까닭이다.

한번은 『주례周禮』에서 요리사의 직분에 대해 쓴 것을 본 적이 있다. 거기에 요리사가 해야 할 일에 대해 이렇게 적혀 있었다. 밤에 울음을 울고 나무 썩는 냄새가 나는 소고기, 털이 차고 가늘며 누린내 나는 양고기, 넓적다리가 붉으며 성질 급하고 누린내 나는 개고기, 광택을 잃고 모래에서 우는 새고기, 사팔뜨기에 속눈썹이 나고 비린내가 나는 돼지고기, 등뼈가 검고 팔뚝이 반점이고 악취가 나는 말고기 등은 요리에서 쓰지 말아야 할 것들이니, 자세하게 살펴보아야 한다. 물론 이것들을 한 번 먹었다고 탈이 나겠는가? 다만 매일매일 쓰는 것들인데 제대로 살피지 않아서 혈기血氣에 병이 생기고 심하게는 목숨이 위태로울까 걱정하기 때문이다.

전에 이러한 이야기를 들었다. 어떤 한 대감이 옷과 음식을 사치스럽게 하였는데, 특히 의심하고 꺼려하는 게 심하였다. 한번은 손수 약재를 골라 새로 만든 나무 궤짝에 넣다가 갑자기 깜짝 놀라며 말하기를, "궤짝이 이제 막 만들어졌는데, 어찌 쇠를 꺼리는 것을 이 속에 두겠는가?"라 하고는, 급히 그것을 없애버렸다. 옆에 있던 사람들이 실소를 하였다.

또 한번은 어떤 늙은 군졸이 막걸리를 마실 때면 반드시 두부를 안주로 하였다. 배가 부른다고 주의를 주었지만 비웃다가 끝내는 배가 터져 죽었다. 지나치거나 미치지 못함은 이처럼 상반된 것이다.

예전에 나는 『식기보食忌譜』라는 책을 편찬하였다. 『본초강목』과 여러 의학서에 수록된 내용 가운데 열 중에서 일곱 여덟은 버리고, 촌 농부와 시골 노파가 눈으로 목격하고 입으로 외고 있는 것 가운데 다섯 중에서 서넛을 취하였다. 무엇 때문인가? 여러 의학서에는 사물이 서로 미워하고 싫어하는 점만을 논하여서, 앞서 말한 '모두 다 알 필요는 없는' 것이 참으로 많다. 시골 농부와 노파들은 먹을 수 있는 것과 위험한 독을 지닌 것을 많이 보았으니, '꼭 알아야 하는 것'을 잘 알고 있다. 기운의 오르내림을 살피고, 혈기 순환의 보양에 적합한지 여부는 여기에서 논하지 않았으니, 『본초강목』 등의 의학서에 수록되어 있기 때문이다.

『식기보食忌譜』라는 책은 먹지 말아야 할 음식에 대해 서술한 것이다. 현재 전하지는 않아 그 구체적 내용은 알 수 없다. 특히 이 책은 기존의 의학서를 일부 참고하되, 농촌 사람들의 실제 경험에 토대한 사례를 중심으로 저술된 것이다. 그것은 실제 생활에 유용하게 활용할 수 있는 사항들을 중심으로 서술하고자 한 편찬자의 의도를 반영한 결과다. 음식 금기와 관련하여 일반 사람들이 실생활에서 꼭 알아야 하는 점에 저술의 초점을 맞추었다. 이학규의 실용적, 실증적 학풍을 엿볼 수 있다.

상상 속의 정원 그림   童子鄭寧甲意園山水圖序

고정된 형태가 있는 사물은 눈으로 보지 않고도 그 모습을 알 수 있다. 그러므로 밝은 해와 달, 거대한 궁궐, 몸집이 큰 사자, 코끼리, 낙타, 말, 아름다운 모란과 작약에 대해 사람들은 놀라지도 않고 기이하게 여기지 않으며 단지 큰 볼거리라고 생각할 뿐이다.

그런데 고정된 형태가 없는 사물들, 예컨대 하늘의 구름, 안개, 노을, 그리고 땅의 산천, 나무, 바위는 모두 조물주가 그 형태를 고정시키지 않고 마음 가는 대로 만든 것이다. 마음에는 정해진 생각이 없기 때문에, 만든 것에도 고정된 형태가 없다. 크고 작음, 멀고 가까움, 앞면과 뒷면, 휘어짐과 곧음 등의 다양한 형태는 어느 하나로 이름을 붙일 수 없다. 얕고 깊음, 짙고 옅음, 밝고 어두움, 일어나고 사라짐 등의 상이한 빛깔은 어느 하나로 명명할 수 없다. 그러므로 사물을 잘 식별하여 설명하는 사람일지라도 이러한 다양한 형태와 빛깔에 대해서는 한 마디 말도 하지 못할 것이다.

그림은 조물주의 마음을 헤아려서 형태를 본뜨는 것이다. 예컨대 한간韓幹의 말 그림, 대숭戴嵩의 소 그림, 포정包鼎의 호랑이 그림, 서희徐熙와 황전黃筌의 꽃 그림, 이사도李昭道의 인물화와 누대 그림, 그리고 근세에 와서는 임량林良과 여기呂紀의 털짐승 그림, 구영仇英의 백묘도白描圖[1], 초씨焦氏의 납견도蠟絹圖, 요씨姚氏의 지두화指頭畵와 목편화木片畵가 모두 빼어난 것들이다. 그러나 고정된 형태를 본뜬 것이기 때문에 사람들은 놀라지도 않고 기이하게 여기지도 않는다.

산수 그림은 당나라 때에 시작되어, 그 후 곽희郭熙, 왕흡王翕, 예찬倪瓚, 황공망黃公望 등이 때로는 청록으로 때로는 엷은 붉은 빛과 남색을 사용하여 맑고 깨끗하게 그리기도 하고, 먹을 뿌려서 산수를 그리기도 하였다. 구름과 안개, 나무와 바위 등을 물들이거나 엷고 흐리게 칠하였다. 이렇게 해서 산수의 참된 모습을 드러내는 것은 가슴 속 생각이 풍부하고 기백 또한 커서 실로 조물주의 마음 바깥의 마음을 사용하여 형태 바깥의 형태를 묘사한 것이다. 그래서 기이한 봉우리, 깊은 골짜기의 기이한 경치와 그윽한 정감은 과장하거나 예쁘게 꾸미는 사람이 생각할 수 있는 경지가 아니다.

1) 채색은 하지 않고 먹선으로만 그린 그림.

대구에 사는 어린아이 정영갑鄭寧甲은 대대로 학문을 이어온 유학자의 집안에서 자랐다. 본래 서적을 좋아하고, 초서와 해서에도 능하였으며, 산수 그림은 더욱 잘 그렸다. 때때로 나에게 소품의 산수화 십여 폭을 보내 주었다. 구성이 빼어나고, 자연스러운 정취가 넘치나니, 앞서 말한 마음 바깥의 마음을 쓴 것이다. 그러므로 가슴 속에서 구상한 것은 천만 번 쓴다 하더라도 고갈되지 않을 것이다. 이에 나는 이 어린아이가 상상 속의 정원인 의원意園을 아는 자임을 알겠다. 의意는 다른 무엇이 아니다. 이 어린아이는 어려서부터 명성이 있었는데, 지금 나이가 열다섯이다. 의지는 날이 갈수록 더욱 굳세고, 학업은 날이 갈수록 더욱 정밀해지며, 견문은 날이 갈수록 더욱 넓어지리니, 의원意園의 전담 또한 날이 갈수록 더욱 이름나고 귀해질 것이다. 이것은 내가 감히 의론할 바가 아니다.

이학규는 유배지에서 겪는 고통을 극복하기 위한 한 방편으로서, 상념 혹은 공상에 빠지곤 하였다. 고정된 형체를 지닌 사물을 묘사하는 그림에 비해, 산수화가 화가의 예술적 상상력을 크게 자극한다고 보았다. 왜냐하면 구름, 안개, 노을 등은 시시각각 색깔과 형태를 변화하기 때문이다. 이러한 생각은 한비자韓非子의 현실주의적 회화관과 대조된다. 한비자는 말하기를 "귀신은 그리기 쉽지만 개와 닭은 그리기 어렵다. 왜냐하면 개와 닭은 사람들이 친숙하게 보고 알고 있는 존재이기 때문에 남들의 눈을 속일 수 없기 때문이다"라고 하였다. 한비자에게 있어 개와 닭은 누구나 알고 있기 때문에 눈을 속여 그릴 수 없다고 보았다. 이학규는 이와 달리 말, 소, 호랑이, 꽃, 인물 등은 모두 고정된 형태를 모사한 것에 불과하다고 생각했다.

고정된 형체를 가진 사물을 묘사하는 그림은 사람들에게 놀라움과 경이를 불러일으키지 못하지만, 구름, 안개, 노을 등을 그린 산수화는 고정된 형체에 얽매이지 않고 그의 자유로운 상상의 세계를 마음껏 펼칠 수 있는 것이다. 현실은 고통스럽지만, 자유로운 공상 혹은 상상이 만들어 내는 세계는 그 고통스러운 현실을 잊게 해 주기 때문이다.

태봉석으로 만든 붓걸이 泰封石筆架記

경기도 철원에서 나는 돌에는 구멍이 많다. 큰 것은 떡시루와 도끼 구멍 같고, 작은 것은 피리 구멍만하다. 가볍고 비어 있는 것은 옹기와 비슷하다. 요컨대 주춧돌이나 무덤의 비석으로 쓰기에도 맞지 않으며, 중국에서 나는 유명한 태호석太湖石과 요봉석堯峯石 같은 기이한 볼거리도 없다.

계유년(1813) 봄에 김해의 농민이 김해부 서쪽 해서문海西門 밖에서 땅을 경작하다가 돌 한 조각을 주웠다. 모양은 조금 납작하고 타원형이었으며, 옆에는 자국이 나 있었다. 그리고 돌 앞뒤에는 개미굴과 벌집이 족히 수십 백 개가 넘게 있었다.

초연萗淵 허대첨許大瞻 씨는 기이함을 좋아하는 단아한 사람이다. 그는 돌을 보자마자 기이하게 여겨서 그 돌을 깨끗하게 씻어 곁에 두었다. 밝은 창가 정갈한 책상에서 글을 쓸 때마다 그 돌에 꽃 한 가지와 붓 서너 개를 꽂아 놓고서 즐거운 마음으로 바라보왔다.

어떤 객이 비웃으며 이렇게 말하였다.

"그것은 우리 고을의 길거리나 뜰에서 날마다 밟고 다녀서 쳐다보지도 않는 것이지요. 그런데 선생께서는 그것을 애지중지하시기를 마치 울림석鬱林石과 양양석襄陽石처럼 떠받드시니, 매우 미혹됩니다. 옥과 비슷한 돌인 무부珷玞와 연석燕石이 학식 있는 이들에게 비웃음을 받지 않겠습니까?"

초연이 이렇게 답했다.

"아니지요. 지금 옥이 많이 나는 곤륜산에서는 사람들이 옥으로 까치를 맞힌답니다. 그러나 옛날에 옥을 좋아하는 사람들은 곤륜산의 옥을 희귀한 보물로 생각하지요. 벼슬을 내릴 때에 쓰던 포벽蒲璧과 곡벽穀璧이 되기도 하고, 술잔 그릇을 만들기도 하며, 궁궐 묘당廟堂의 동쪽 서쪽 방에 진열되기도 하고, 황종黃琮과 백호白琥가 되어 제사를 지내는 데 사용되기도 하지요. 그 밖에도 패옥, 귀막이, 옥고리가 되기도 한답니다. 옥이 지니고 있는 온화한 덕성, 옥그릇과 동전의 둘레와 구멍 크기에 대해서는 어찌 간단하게 말로 다할 수 있겠습니까? 저 곤륜산에서 까치를 맞혔던 것은 그대가 날마다 밟고 다니면서도 쳐다보지 않았던 것이지요. 세상에서 희귀한 보물로 여긴 것을 내가 깨끗하게 씻어 곁에다가 둔 거랍니다. 그리고 푸른 색 털 깔개는 낡은 물건이지만, 벼슬아치 집안에서 대대로 내려오는 것으로, 명사들 사이에서 미담美談으로 전해지고 있지요. 부들로 만든 부채는 하찮은 물건이지만, 사람들이 좋아해 다투어 가지려 한답니다. 유독 이 돌에 대해서만 그대는 어찌하여 비웃는 건가요? 그대는 어찌하여 비웃는 건가요?"

이에 「태봉석기泰封石記」를 지어 초연莒淵으로 하여금 돌 왼쪽의 창문 아래에 쓰도록 하였다.

똑같은 사물이라도 보는 사람에 따라 천차만별인 법이다. 어떤 경우에는 하찮은 것으로 여겨져 내버려지기도 하고, 때로는 소중한 보물처럼 취급되어 융숭한 대접을 받기도 한다. 사물을 바라보는 사람의 안목이 중요한 것이다. 하찮아 보이는 돌에서 아름다움과 가치를 찾아내어 간직하는 것은 개개인의 심미안에 따른 것이니, 흔하다 하여 비웃을 필요는 없는 것이다.

허대첨은 평범한 돌로 보이기 쉬운 것을 한 번에 기이한 물건으로 알아보는 안목을 소유하고 있었다. 임진강 일대의 철원에서 나는 돌은 수석으로 유명한데, 화강암 재질로 구멍이 많이 나 있는 것이 특징이다. 이 같은 특징을 적절하게 활용해서 꽃과 붓을 꽂아 곁에 두고 완상하는 예술적 정취도 함께 지니고 있다.

마을 사람 모이는 곳 觀豊亭記

　서쪽 마을의 도용주都龍珠가 사는 집에는 왼편으로 커다란 나무
가 있다. 긴 나뭇가지가 서로 얽혀 있고, 커다란 활처럼 가운데가
높아 보였다. 초막 아래에 돌을 쌓아 올려 둥근 모양의 누대를 만
들었는데, 가로세로 넓이가 반 무 정도였다. 여름이 끝나고 가을
이 될 무렵이면 마을 사람들이 모여들고, 나그네들이 와서 쉬곤
하였다. 앞을 바라보면 버드나무 아래로 쪽진 머리와도 같은 여러
산들이 줄 지어 있고, 누대 아래로는 논밭이 사방으로 평평하게
펼쳐져 있는 가운데 메벼가 넘실거렸다.

　정오가 되어 짙은 녹음이 사방에 펼쳐지고, 비둘기와 까치가
둥지를 다투며 매미들이 시끄럽게 울 때면, 짚신 삼는 사람, 길쌈
하는 사람, 부서진 쟁기와 따비를 들고 와 숫돌에 가는 사람, 술
내기 바둑을 두는 사람, 도롱이를 밑에 깔고 삿갓을 뒤집어 쓴 채
해가 다 지도록 코를 골며 자는 사람, 짐을 내려놓고 부채를 부치

면서 고향의 풍속과 속담, 농사짓기, 고기잡이, 염전 등에 대해 이야기 나누는 나그네 등등의 사람들이 날마다 이곳에서 만난다. 마을 사람 곽노경郭老卿이 '관풍정觀豊亭'이라고 불렀다.

정조 23년(1799) 봄에 북쪽 궁궐의 춘당대春塘臺에서 대책對策과 시문을 짓다가, 관풍각觀豊閣[1]을 올려다보았다. 그 앞으로는 논이 펼쳐져 있었다. 볏모가 물 위로 막 뾰족하게 나와 있었고, 따뜻한 봄바람이 천천히 불어왔으며, 구름 사이로 새어나온 햇빛과 물 속 그림자가 장막 사이로 흔들거리고 있었다. 어느덧 27년 동안 영남 지방에서 떠돌며 지냈으니, 그동안 세월도 많이 바뀌었다. 올해 여름엔 서울에 큰 가뭄이 들어 북쪽 궁궐에서 수확한 농작물을 임금님께 올리지도 못하였다. 그러나 영남 지방만은 여러 해 동안 풍년이 들었으니, 실은 백성들의 양식을 걱정하여 임금께서 덕을 베풀었기 때문이다. 좋은 쌀로 밥을 해먹고 방어로 국을 끓여 먹으며, 들판의 노인들과 함께 이리저리 거닐기도 하고 울창한 숲 속 시원한 곳에 눕기도 하며, 날씨가 개거나 비 오는 것을 헤아리며 평생을 마치게 한 것이다. 이것은 누가 내려준 것인가? 나는 이에 거듭 느낀 바가 있다. 이보다 앞서 곽생郭生과 허생許生이 시를 지어 그 일을 기록하였다. 도생都生이 이를 모두 보관하고 있

1) 창덕궁 후원에 위치한 누각 이름.

다가, 글 짓는 문인을 만나면 반갑게 꺼내어 보여주곤 한다.

김해에 있는 관풍정과 창덕궁 후원에 위치한 관풍각은 이름이 같다. 둘 다 풍년을 기원하는 마음을 담고 있다. 김해에 있는 관풍정은 고을 사람들뿐 아니라 여러 지방을 돌아다니는 장사꾼과 나그네 등 다종다양한 사람들이 모여 이야기를 나누는 사랑방과 같은 곳이다. 창덕궁 후원에 있는 관풍각은 과거 시험을 실시하던 춘당대 옆에 위치해 있다. 그는 '관풍'이라는 이름이 같은 점에 착안하여 자연스럽게 궁궐 춘당대에서 과거시험 보던 지난 시절을 떠올린다. 정조 임금의 지우를 받으며 청년 문인으로서 꿈과 포부를 키웠던 그 시절은 어느덧 과거 속에 묻히고, 영남 지방의 한 구석에서 관풍정에 모여든 사람들과 함께 나이를 먹어가고 있는 자신을 발견한다.

제 4부

글쓰기의 의미

하루라도 시를 짓지 않을 수 없다 與某人

우리들이 어찌 하루라도 시를 짓지 않을 수 있으리오? 만약 시라도 짓지 않는다면, 이 수많은 긴긴 날을 무슨 수로 견디며 보내리오?

내가 예전에 서울 살 때 좋은 계절에 아름다운 날, 날씨는 맑고 새들이 나무에서 지저귀면, 나도 모르게 마음이 움직이어 감정은 경물과 어울려 종이를 펼쳐놓고 붓을 쥐고서 필히 눈앞의 광경을 묘사해보고자 하였지요. 그러다가 때로는 글자 하나가 적당하지 않거나 대구 하나가 맞추어지지 않아 결국에는 자신을 탓하고 괴롭히게 되어 도리어 재미가 없어지기도 하였네. 이 때문에 시구를 다 완성하지도 못하고 한 편을 다 짓지도 못한 채 곧잘 상자에다가 던져버리곤 하였지. 종이에다 옮겨 쓴 작품들이 점차 많아져서 이따금 꺼내어 펼쳐보며 크게 탄식을 하였었네.

남쪽으로 유배온 뒤로는 10여 년 동안 눈앞에는 마음에 맞는

사람 하나 없고, 가슴 속엔 마음에 드는 일 하나 없었다네. 가슴
과 눈이 머무는 곳마다 마음에 드는 것이 하나도 없고 보니, 어떻
게 마음에 드는 시를 쓸 수 있겠는가?

이 고을 사람들은 이웃 사람이 죽으면, 나무꾼이나 소치는 아
이, 떡장수, 술집 노파를 가리지 않고 으레 종이 한 장을 마련해
서 동서로 분주히 돌아다니며 만시輓詩를 지어달라고 부탁한다네.
그런데 만시가 어찌 쉽게 지을 수 있는 것이겠는가? 어떤 사람은
죽은 사람의 이름과 사는 곳도 말하지 않고 무턱대고 거창한 시
구를 지어달라고 하니, 곁에서 보던 이들이 실소를 머금기도 한다
네. 이웃 사람들과 정이 깊이 들어, 부지런히 부탁을 들어주었네.
그러나 시를 보고도 어떤 사람을 읊었는지 모르는 경우야 옛날에
도 혹 있었던 일이겠지만, 그 사람의 이름과 사는 곳도 모르면서
시를 지어주는 일은 필시 나로부터 시작하는 것이라네.

나는 평소 술을 좋아하여 몇 잔 마시고 나면 마음속의 답답함
이 조금씩 해소되어서 마음을 가라앉히고 시를 지을 수 있다네.
그런데 이 고을은 술값이 많이 올라서 입술을 축일 비용이 툭하
면 수십 전錢에 이르네. 유배객이 어디에서 상평원보常平元寶 동전
을 얻어 술 마시는 일에다가 써버릴 수 있겠는가?

근래에 집에서 보내 온 편지를 받아 보았네. 백진伯津이 때때로
시를 보내오고, 다른 몇몇 사람도 이따금 시를 보내온다네. 그러

면 나도 모르게 감정이 움직이고 상상력이 발동하여 하루에도 수십 수의 시를 짓기도 하고, 때로는 시 한 수에 매달려 여러 번 고치기를 반복하기도 한다네. 이것은 마치 굶주린 사람이 밥을 눈앞에 둔 것이나 목마른 사람이 마실 것을 눈앞에 둔 것처럼, 양이 넘치는 줄을 자신도 모르는 꼴이라네. 이러한 때를 지나면 재미없고 무료해져서 자리에 쓰러져 눕는다네.

남쪽 지방은 입하立夏가 지나자마자 날씨가 갑자기 무더워지기 시작하고 남풍이 매우 거세게 불어대어 불편한 마음을 억누르기 더욱 어렵네. 이러한 때에는 여기저기를 뒤져서 시의 소재를 찾으려고 애를 써보네. 하지만 그것은 시를 짓기 위해서가 아니라, 그저 좋은 시를 쓴다는 핑계로 하루 소일거리를 하려고 하는 것이라네.

예전에 나의 벗 포원자蒲園子가 매번 이런 말을 했던 것을 기억하네.

"시골 아낙네가 산에서 나물을 캐는 것이 본래 괴로운 일이 아니지만, 온갖 꽃의 싹이 나는 것을 보거나 봄날 먼 경치를 바라보게 되면, 슬프게 노래를 부르다가 눈물을 흘린다네. 큰 길거리에서 달을 보는 것이 특별한 구경거리가 아니지만, 거리와 저자의 아이들이 팔을 휘두르며 무리지어 다니면서 떠들썩하게 흥겨워하며, 입으로 악기 연주소리를 내면서 서로 노래를 주고받는다네.

이것은 어째서인가? 마음속에서 느낌이 있어 자신도 모르게 저절로 소리로 변해 밖으로 나온 것일세. 이것이 바로 우리들의 변함 없는 감정이요, 이야말로 천지 사이의 다듬지 않은 시詩이며, 가락에 맞추지 않은 노래라네."

이 말은 『시경詩經』에 실린 민간 가요의 본 뜻을 깊이 터득한 것이라네. 그러므로 시는 억지로 지을 것도 아니요, 많이 지을 것도 아닐세. 다만 마음 속에서 느끼어 밖으로 표현할 뿐이라네. 이를 기준 삼아 내가 남쪽으로 와서 지은 시들을 살펴보니, 진정으로 좋은 시가 아니요, 좋은 시를 짓는다는 핑계로 하루하루를 소일하려고 했던 것일 뿐이라네. 다만 몇 편을 뽑아서 보내니, 가엾게 여겨 이해해주기를 바라네. 품평을 하고 칭찬해 주기를 바라지는 않는다네.

이학규는 유배지에서의 절박한 심정과 체험을 토로하는 것에 자신의 창작 행위의 동기와 그 의미를 부여하였다. 그에게는 문학 창작의 전제 조건이 시인의 마음속에 억눌려 있는 울분과 고뇌를 밖으로 표출하고자 하는 강렬한 창작 욕구였으며, 그러한 창작상의 충동을 계기로 산출된 문학은 자신의 삶 전체와 불가분의 관계를 맺고 있었다.

이학규는 이 점에 대해 이렇게 노래한 바 있다.

> 시 짓기는 없앨 수 없나니 　　　　　　歌詩不可廢
> 사령使令이 백성에게
> 세금 독촉하는 일과 다르지 않네 　　　何異促使令

그리하여 그는 고을의 사령使令(지방 관청에서 포교나 군관 밑에서 천한 일들을 하던 부류의 사람)이 백성들에게 끊임없이 세금을 독촉하는 것처럼, 한시라도 시를 짓지 않으면 안 될 정도라고 하였다. 목마른 사람이 마실 것을 보거나 굶주린 사람이 밥을 본 것처럼, 그에게는 시를 쓰는 행위가 강렬한 내적 충동과 욕구의 토로였으며, 힘겨운 유배생활을 지탱시켜준 힘의 원천이었다.

또 하나 우리는 이 편지글을 통해 이학규가 김해 지역의 하층민들과 점차 가깝게 지내고 있음을 엿볼 수 있다. "이웃 사람들과 정이 깊이 들어, 부지런히 부탁을 들어주었네." 이 말에서 처음에는 낯설었겠지만 점차 동화되어 갔던 이학규와 김해 지역 하층민의 관계를 짐작할 수 있으리라.

시 창작은 이 세계 내의 일　答某人

　　우리들이 어디에서 좋은 시구를 많이 얻어서 번번이 써낼 때마다 남들을 압도할 수 있겠는가? 요즘 사람의 병통은 대체로 좋은 시구를 지어서 입만 열면 앉아 있는 사람을 놀래키고, 붓만 들면 남들을 압도하고자 하여 자기 역량을 과장하고 힘을 다 소모시키는 데에 있다네. 그렇기 때문에 남들을 교묘하게 놀라게 하려면 할수록 더욱 거칠어지고, 힘을 써서 놀라게 하려면 할수록 더욱 추하게 된다네. 손을 대어 고칠 수 있는 평이한 시구가 도리어 더 낫다오. 두보는 이렇게 읊었다네.

　　　　사람됨이 좋은 시구를 찾는 데 벽이 있어　　爲人性癖耽佳句
　　　　남을 놀래키지 않으면 죽어도 그치지 않으리라　語不驚人死不休

　　이와 같은 두보의 말이 시 짓는 한 편 한 편마다 남을 놀라게 하고, 또한 전 작품이 남을 놀라게 하는 것을 말하는 것이겠는가? 대개 그의 뜻은 한두 구절의 시구가 때때로 남을 놀라게 하면 충분함을 말하는 걸세. 그가 지은 다른 좋은 시구를 보면 이 점을 알 수 있을 걸세. 한신韓信은 용병술의 성인이었지만, 평생 기이한 계책을 사용한 것은 배수의 진을 쳤던 일[1]과 나무 통으로 강을 건넜던 일[2] 등 한두 가지에 불과하였다네. 왕희지王羲之의 난정첩蘭亭帖의 경우 술에서 깨어난 뒤에 백 번을 쓰고 천 번을 썼어도 모두 술에 취해 쓴 글씨에 미치지 못하였다오. 이를 통해 미루어 보면, 남을 놀라게 하는 기량은 쉽게 할 수 있는 것이 아니며, 세상에 항상 있는 일도 아님을 알 수 있다네.

하늘에서 사람을 놀라게 한 것으로는 순임금이 있는 산림에 갑자기 내리친 천둥 소리, 항우의 군대를 혼비백산하게 만든 큰 바람이 있다. 땅에서 사람을 놀라게 한 것으로는 왕존王尊이 지나갔던 검각산의 험준한 고갯길, 물살이 험해 소를 바쳐 제사를 지내야 하는 삼협三峽을 들 수 있다. 사람 중에서는 축타祝鮀의 교묘한 말솜씨, 공수반公輸般의 물건 제작 기술이 놀랍다. 그리고 사물로

1) 한신이 조나라 군대와 싸울 때 강물을 등지고 진을 쳐서 승리했던 고사.
2) 한신이 위나라 군대와 싸울 때 대군을 거느린 것처럼 위장해 놓고는 나무로 만든 통으로 몰래 강을 건너 습격했던 고사.

는 사람의 옳고 그름을 가릴 줄 아는 해태, 간사한 사람을 잎사귀 끝으로 가리킨다고 하는 지영초指侫草 등이 있다. 이것들은 모두 천 년 동안 찾아보려고 해도 한 번도 보지 못했고, 온 천하에서 찾으려고 하였지만 한 번도 만나지 못하였소. 만약 날마다 이곳저곳에서 기이한 일이 일어난다면, 사람들은 놀라지 않을 뿐더러, 지금 세상에서 그러한 이치는 분명 없을 거요.

시 짓기는 이 세계 내의 일이니, 어찌 이치 너머에 이치가 있겠소? 나는 예전에 한유韓愈의 「석정연구시서石鼎聯句詩序」를 읽었다네. 후희侯喜와 유사복劉師服 두 시인이 마음과 힘을 모두 쏟았지만 끝내 헌원미명軒轅彌明에게 시구 한 구절도 미치지 못하였네. 그 까닭은 두 사람이 오로지 좋은 시구만을 쓰고자 하여 헌원미명을 압도할 수 없을까 봐 걱정하였기 때문이라네. 헌원미명은 마음을 편안하게 하고 입에서 나오는 대로 읊었으니, 자연스럽게 두 사람을 능가할 수 있었던 것이라네.

다만 시는 평이하고 범상함을 추구해야 하지만, 때때로 기이함을 활용해야 한다네. 평이하고 범상하기 때문에 기이함이 더욱 더 기이하게 되며, 기이하기 때문에 평이하고 범상한 것이 많아도 싫증이 나지 않는 법일세. 비유하자면, 지관地官이 산줄기의 형세가 천 리에 걸쳐 이어지다가 한 곳에 이르러 결혈結穴이 되는 것을 살펴보는 것과 같다네. 산줄기의 형세가 길게 이어지기 때문에 결혈이 되는 것이 쉽지 않음을 알게 되며, 한 곳에 결혈이 있기 때문에 형세가 이어지는 것이 허무맹랑하지 않는 법이라네.

자구字句와 편장篇章의 법칙에 대해서는 내가 예전에 『광시칙廣詩則』을 썼는데, 거기에는 당송원명唐宋元明의 여러 설들을 자세히 수록하였소. 아쉽게도 탈고를 다 하지 못하여 이번에 보내드리지 못하네. 다시 보내드릴 때까지 기다려 주기 바라네.

독자를 놀라게 하거나 압도하기 위해 기이하고 교묘한 시구만을 구하는 것은 오히려 시를 추하게 만들고 시인의 힘을 소모시킨다. 전술의 대가 한신韓信이 배수의 진으로 유명하지만 실제 전투에서는 대부분 평이하고 교과서적인 용병술을 썼다. 시는 평이하고 범상함을 추구하되, 때때로 기이함을 활용해야 한다는 것이다. 이는 독자를 압도하겠다는 욕심보다 평소의 꾸준하고 성실한 연습과 훈련의 중요성을 강조한다. 그러한 평소의 축적 속에서 문득 독자를 압도할 특출한 시구가 자연스럽게 나올 수 있는 것이다.

본뜨고 흉내 내기 答某人

평범하고 특별한 변고가 없는 사람이 시문을 지을 때 가을날을 슬퍼하는 송옥의 작품과 나라를 걱정하는 두보의 작품을 억지로 본뜨려고 해도 본뜰 수 없을 겁니다. 비록 똑같이 본뜬다고 하더라도, 속마음과는 너무도 달라서 진실되지 못하고, 보는 자에게 감동을 줄 수도 없답니다. 슬퍼하는 자도 울고 겨자를 씹은 자도 우는 것에 비유할 수 있지요. 우는 것은 같지만 속마음은 다르니, 비록 어린아이라고 하여도 그 둘을 혼자서 구분할 수 있을 겁니다.

그렇다면 그대의 작품 중에서 「바람에 막히다(阻風)」「절을 찾다(尋寺)」「가뭄을 걱정하다(閔旱)」「칡을 캐다(采葛)」 등은 시름을 노래한 참된 시가 아닙니다. 우리들이 맑고 화창한 날에 웃으면서 읊은 것이 시름을 노래한 참된 시입니다. 여기에 「장진주將進酒」 3편과 「춘진일서사春盡日書事」 10장을 인편에 부치니, 그대께서 살펴보시기를 바랍니다.

이학규는 시론의 출발점을 창작 주체의 진실한 정감에 두었다. 그것은 인간의 가장 자연스럽고 풍부한 감정 및 욕망 등을 포함한다. 그가 볼 때 시는 억지로 꾸미지 않고 그 같은 감정과 욕망에 충실함으로써 시의 진실성을 획득할 수 있다고 보았다.

진정한 마음이 담겨 있지 않은 시, 자신의 절절한 체험이 깔려 있지 않은 시, 다른 이의 마음과 감정을 그저 흉내내고 짐작해 쓴 시는 '가짜'다. 객관적 물상과의 직접적 접촉에서 일어나는 개인의 진실한 체험과 거기에서부터 나오는 창작 충동이 시를 참되게 이끄는 것이다.

시와 산문의 차이 1 答某人

　비도 또한 물이지만, 하늘과 땅 사이에서 내리기 때문에 물이라고 하지 않고 비라고 하지요. 바람도 또한 기氣이지만, 만물을 고동치게 하기 때문에 기氣라고 하지 않고 바람이라고 하지요. 그렇다면 시詩 또한 문文이지만, 흥興 비比 구句 운韻이 있어서 길게 노래할 수 있고 소리에 얹을 수 있기 때문에, 문文이라고 하지 않고 시詩라고 말하는 것이겠지요.

　시에는 시의 법칙이 있고, 문에는 문의 법칙이 있어서 절대로 섞어 쓸 수 없습니다. 그렇지 않다면 증공曾鞏에게 어찌하여 시 작품이 없겠습니까? 그리고 두보가 지은 시서詩序 등의 여러 작품을 어찌하여 읽을 수 없겠습니까? 지금 만약 시를 가리켜 흥비구운興比句韻이 있는 문文이라고 한다면 괜찮을 겁니다. 마치 물이 하늘에서 내려오는 것을 비라고 하고, 기가 땅에서 솟아나는 것을 바람이라고 한다면, 의미상 문제될 것이 없습니다.

시와 산문의 차이 2 答朴思浩

　산문은 논리를 위주로 하며 시는 운치를 위주로 하니, 이것은 변함없는 법칙이지요. 시는 모름지기 물 속에 비친 달, 거울에 비친 꽃과 같아야 합니다. 살펴보면 있는 듯하지만, 잡으려고 하면 붙잡을 수 없는 법이지요. 불경에서 '붙지도 않고 떨어지지도 않는다'라고 말한 것, 조동종曹洞宗에서 '활구活句를 참구參究하다'라고 말한 것이 바로 그것이라오. 의론議論과 서사敍事에 있어서는 별도로 체재가 정해져 있지요.

　　　　두 글은 모두 시와 산문의 차이를 논한 글이다. 전자는 1810년에, 후자는 1820년에 각각 쓰여졌다. 이학규는 산문과 구별되는 시의 특성으로 '홍비興比'와 '구운句韻'을 지적했다. 홍興과 비比는 구체적인 사물에 가탁하여 작가의 사상 감정을 비유적, 암시적으로 전달하는 표현 방법이다. 구句는 오언시, 칠언시처럼 다섯 글자 혹은 일곱 글자가 모여 한 구를 형성하며 시가 구성되는 것을 말한다. 마지막으로 운韻은 구의 끝글자에 사용되는 압운이다. 요컨대 시는 구句와 압운 등의 형식을 사용하여 작가의 사상 감정을 객관 사물에 가탁하여 비유적으로 표현하는 예술 양식이라고 요약할 수 있다.

시는 논리나 추론이 아니다. 시는 운치를 위주로 한다. 독자에게 정서적 울림을 가져대 주는 함축과 여운이 중요하다. 시는 '물속에 비친 달'과 '거울 속에 비친 꽃'이어야 한다. 눈으로 보이지만 잡을 수 없는 것, 고정되어 있지 않고 변하는 것, 직관과 상상을 통해 주관적으로 체득하는 것이 시이다. 그러나 물상 자체를 완전히 떠날 수는 없다. 물상에 의존하면서도 그것에 집착하지 않는 특징을 지닌 것이 시다.

문장의 경계는 파 껍질 벗기듯이 答某人

그대가 말하기를, "문장의 경계를 살펴보면 항상 한 겹 비단으로 가려 있는 것 같다"라고 하였는데, 참으로 명언이군요. 문장에는 참으로 이러한 경계가 있으니, 겨우 한 겹을 벗겨내면 또 한 겹으로 가려져 있지요. 마치 파를 벗기는 것처럼 벗기면 벗길수록 그 안에 무엇이 있는 것과 같답니다. 이것이야말로 스스로 부족하다고 여기는 곳이며, 실제로는 장차 크게 진보할 곳이지요. 그렇지 않다면 두보가 어떻게 해서 만년에 이르러 시작詩作이 더욱 정밀해졌겠습니까? 어찌하여 왕세정王世貞이 귀유광歸有光을 조문하는 글을 썼겠습니까?

문장은 하나의 작은 기예일 뿐입니다. 공자는 위대한 성인이었지요. 하지만 "나에게 몇 년을 빌려 주어 『주역』을 다 배우게 된다면 큰 과실이 없을 텐데"라고 하였습니다. 이것이 바로 공자가 스스로 부족하다고 생각했던 것인데, 실제로 공자가 위대한 성인이 된 까닭이 거기에 있답니다. 선종에서 면벽수도하면서 어느 날 갑자기 깨달았다고 하는 것과는 다르지요.

그대는 이러한 경계에 대해 한 겹을 뚫고 통과하고자 한다면 괜찮을 겁니다. 하지만 만약 이러한 겹을 아예 없애고자 한다면, 우리 유가의 도에서는 그러한 경계가 없을 뿐만 아니라, 그것은 바로 그대가 자신의 한계를 그어놓고 더 이상 나가려고 하지 않는 것입니다.

또한 문장 짓는 것은 탕을 데움과 같지요. 따뜻하게 데웠다가 차가워지는 것도 탕이요, 차가워지면 따뜻하게 데우는 것도 탕입니다. 다만 차가워지는 것은 갈수록 차가워지고, 따뜻하게 데우는 것은 갈수록 따뜻해지는 법이지요. 이것이 또한 조금씩 나가는 것과 조금씩 물러나는 것의 차이입니다.

문학 작품의 세계는 음미하면 음미할수록 무궁하다고 할 수 있다. 한 꺼풀 한 꺼풀씩 비밀을 벗겨내듯 차근차근 음미하고 곱씹어볼 때, 문학의 의미는 비로소 자신의 것으로 체득된다. 그리고 이 과정은 시간과 경험을 필요로 한다. 똑같은 책이라도 젊었을 때 읽었던 경험과 나이가 들어 읽었던 경험은 많은 차이가 있다. 나이가 들어갈수록 더욱 원숙해지는 게 일반적이다. 두보의 시가 만년에 더욱 정밀해진 것은 이러한 시간과 경험의 축적 위에서 가능하였다.

　문학의 경계는 비약적인 감정의 상승 체험에서 곧바로 오지 않는다. 끊임없는 수련과 가공의 과정을 거쳐야 한다. 이 점을 이학규는 파 껍질과 탕의 비유를 활용하여 적절하게 설명하고 있다. 한 꺼풀씩 속살을 드러내는 양파 껍질처럼 한 단계씩 점진적으로 문학의 심원한 경계 속으로 들어가는 것이다.

예술적 정취란 무엇인가 與尹師赫朴思浩

전에 글을 지어 자네들에게 보냈을 때, 누군가 취趣에 대해 묻는 말이 있었네. 내가 이렇게 대답했었네.

"말로 설명하기 어렵다네. 만약 형체에 얽매이지 않고 말 밖에서 깨달아 알면 될 걸세. 한유韓愈는 「태학청금서太學聽琴序」에서 '저물어서 물러나니 마음 가득히 얻은 게 있는 듯하다'라고 하였네. 육유陸游는 「풍우야좌시風雨夜坐詩」에서 '책을 덮으니 여운이 가슴 속에 남아 있다'라고 하였네. 그리고 원굉도袁宏道는 '산 위의 빛깔, 물 속의 맛, 꽃의 광태, 여자의 자태는 말을 아무리 잘하는 자라도 한 마디로 표현할 수 없고 오직 마음으로 이해하는 자만이 알 수 있다'라고 하였다네. 대개 취趣는 가득하게 얻음이 있는 듯한 것이며, 여운이 가슴 속에 남아 있는 것이며, 빛깔과 맛과 광태와 태깔은 한 마디 말로 표현하지 못하는 것이라네.

자네들이 이 말을 들으면, 응당 한 번 웃고 깨달아 알 걸세.

위의 글은 1820년에 쓰여졌다. 이 글에서 핵심 용어인 취趣는 예술적 정취를 뜻하는 말이다. 예술적 정취는 '형체에 얽매이지 않고 말 밖에서 깨달아 알아야 한다.' 그것은 대상의 외양에 얽매이지 않은 정서적 감응을 통해 체득되는 것이다. 요컨대 작품의 선명한 예술적 형상이 독자의 정서에 부딪혀 미적 정취를 일으킨다고 할 수 있다. 다소 난해하다고 할 수 있는 정취의 개념을 효과적으로 설명하기 위해, 이학규는 자신의 견해를 밝히기보다 한유, 육유, 원굉도의 서로 다른 언급들을 한자리에 모아 놓았다. 아마도 정취의 의미를 스스로 깨닫도록 한 것이리라.

농익은 것과 날 것 答某人

너희들이 걱정하는 것은 시를 지을 때 농익지 못할까 하는 것이고, 내가 염려하는 것은 이미 농익어서 고칠 수 없는 것이다. 날 것은 익힐 수도 있고, 익히지 않을 수도 있다. 익힌 것은 계속해서 익은 채 다시는 날 것이 될 수 없다. 그렇다면 너희들이 걱정하는 것이 나에게는 오히려 앞으로 기대를 갖게 하는 것이다.

너무 익은 것보다 익히지 않고 날로 있는 것이 더 낫다. 왜냐하면 날로 있는 것은 익힐 수도 있고 익히지 않을 수도 있는 것처럼, 앞으로의 변화가 기대되기 때문이다. 너무 익은 것은 더 이상의 변화를 기대할 수 없다.

이 편지의 수신인은 후배이거나 자신의 아들로 짐작된다. 나이가 젊고 앞으로 더 많은 발전이 기대되기 때문에, 대가大家의 것을 흉내 내어 겉으로는 무르익은 것처럼 보이기보다는 서투르지만 젊은이의 패기와 의욕, 참신함을 더 소중하게 생각하고 있음을 내비치고 있다. 더 나은 정진을 기대하는 그의 마음을 읽을 수 있다.

중앙의 문학과 지방의 문학 答某人

　시골의 서생들은 시문을 짓고서 서울의 대가들에게 뒤지지 않
는다고 자부하고, 지금 사람들이 자신들의 작품을 알아주지 않는
다고 탄식한답니다.

　제가 처음 이 고을에 왔을 때, 시문을 보여주면서 비평을 부탁
하는 사람들이 있었지요. 그들은 저에게 치켜 올려줄 것을 원하였
으며 부족한 점을 지적해 주기를 원하는 것이 아니었지요. 저는
그때마다 모든 일을 기분 좋게 하여 말썽 없기만을 원해서, 찾아
오는 사람에게 비위를 맞추어 주었습니다. 그러자 돌아가는 사람
들은 서울 사람들이 좋아하는 수준에 자신의 작품이 들어맞았다
고 생각한답니다. 이 때문에 찾아오는 사람들이 줄을 이었지요.

　그러자 번거롭게 생각되어 혼자서 이렇게 생각했지요. 광물과
통나무에는 화로와 풀무가 필요하며, 굽어진 목재에는 도지개가
필요한 것은 인지상정이다. 나는 그들 하자는 대로 내맡겼고, 그

일을 조장하기도 하였는데, 이것이 어찌 나의 진심어린 뜻이겠는가? 그래서 이번에는 찾아오는 사람에게 따지듯이 지적을 하면, 돌아가는 사람들은 발끈 성을 내면서 서울 사람 기호에 맞추지 않아도 된다고 생각을 하지요. 이렇게 되자 예전에 찾아왔던 사람들이 서둘러 가버려 손님맞이하는 일이 거의 드물게 되었고 쥐죽은 듯 조용한 지가 여러 날이었답니다.

대개 시문의 체재는 사람의 행동거지, 외모와 같습니다. 서울과 시골은 똑같이 사람이니, 코도 같고 눈도 같으며, 말하고 웃고 행동하는 것 또한 같지요. 그러나 서울은 서울이고 시골은 시골이니, 구차하게 똑같이 할 수 없으며, 또한 구차히 다르게 할 수도 없답니다. 서울의 관점에서 보면 서울과 시골의 다르다는 점을 알지만, 시골의 관점에서 보면 시골은 알지 못하고 오직 서울만을 알 뿐이지요.

지금 그대가 거처하는 곳이 일 년 중에 반은 시골이고 반은 서울인지라 시문을 짓는 것 또한 일 년 중에 반은 시골이고 반은 서울일 터이니, 그대는 반드시 아실 겁니다. 시골에서 살면서 서울과 같기를 구할 수 없지만, 또한 서울과 같기를 구하지 않을 수 없음을. 그대는 사리에 밝고 세상 경험이 많기 때문에, 제가 거리낌없이 말했습니다. 만약 다른 사람이었다면, 필시 얼굴을 붉히고 입에 거품을 물면서 집요하게 따졌을 겁니다. 그리고 저 또한 이렇게 저촉되는 말을 하지 않았을 겁니다.

이 시기 사상, 문화의 특징 가운데 하나는 서울과 향촌의 격차가 더욱 심화되고 있었다는 점이다. 경향간의 차이는 17세기 이후 역사적 진행 과정의 하나로, 특히 19세기에 들어와 더욱 심화되었다. 향촌의 글 쓰는 이들은 서울에서 온 이학규가 자신들의 글을 인정해 주는 데에서 자부심을 느꼈을 것이다. 이학규도 처음에는 그들과 말썽 없이 잘 지내고자 치켜 올려주었는데, 찾아오는 이들이 많아 번거롭기도 하고, 정확한 비평과 지적을 해야겠다는 생각에 그들의 잘못된 곳을 알려주었다. 서울에 있든 향촌에 있든 자기 나름의 관점에서 진실된 글을 쓰는 것이 중요하다.

백성의 참상을 고발하는 시 己庚紀事詩序

기사년(1809)에 탁옹 정약용 선생은 강진의 다산초당에 머물러 있었다. 그 해에 큰 가뭄이 들어 굶주려 죽은 시체가 끝없이 이어졌고, 유랑하는 백성들이 길을 메울 정도였다. 이에 탁옹은 「전간 기사시田間紀事詩」 여섯 편을 짓고 이를 맏아들 학연學淵에게 부쳤더니, 학연이 또 그 시를 나의 종형 백진伯津에게 보여주었다.

백진은 나에게 보낸 편지에서 다음과 같이 말하며, 탁옹의 시를 나에게 부쳐 주었다.

"탁옹은 오늘날 세상에서 문장의 종장이라네. 그 분의 시에는 『시경』 국풍을 지은 시인의 뜻이 담겨 있다네. 두보가 「늘그막의 이별(垂老別)」「집 없는 이별(無家別)」을 지은 뒤로 이런 작품은 다시 지어지지 않았네."

그 편지를 받고 나는 이렇게 생각하였다.

기사년 때의 가뭄은 호남이나 영남이나 비슷하였지만, 탁옹은 근심스럽고 답답하고 울분에 차 있는 가운데서도 뛰어난 저술을 남겼다. 이를 통해 생각하게 하고, 감발하게 하며, 권장하고 징계하게 하여 새로운 일을 행하게 한다. 당시 고을을 다스리는 수령들에게 각각 한 부씩 베끼게 하여 귀감을 삼도록 한다면, 우리 백성들은 안정을 얻을 것이다.

그런데 내가 살고 있는 곳 또한 영남이니, 하늘의 재앙과 백성의 고통은 호남과 비슷할 것이다. 그러한데도 혼자서 가슴을 치며 길게 탄식만 늘어놓고, 품고 있는 뜻을 드러내지 않고 입을 다물고 있었다. 그리하여 하늘의 재앙과 백성의 고통 가운데 경계할 만하고 두려워할 만하며 권장할 만하고 징계 삼을 만한 것들을 모두 사라지게 하여 전하게 하지 않는다면, 참으로 안타까운 일이다. 이에 보고 들은 것들 중에서 정치와 교화에 관련 있는 십여 가지를 뽑아 시로써 풍간諷諫하여 읊고, 서문에다가 자세히 기록해 두었다.

기사년 12월에 처음 시작하여 경오년(1820) 초봄에 완성하고, 「기경기사己庚紀事」라고 이름 지었다. 이것을 백진에게 부치어 학연에게 전해지도록 하여 탁옹에게 전달될 수 있도록 하였다. 이러한 방법은 전날에 탁옹의 시가 여기저기를 돌아서 나에게 이른 것과 같다.

『기경기사시己庚紀事詩』는 다산 정약용이 지은 『전간기사시田間紀事詩』에 영향을 받아 지은 작품이다. 거기에는 수령, 아전층의 횡포와 학정을 고발, 비판한 15편의 작품이 실려 있다.

기사년(1809)의 가뭄에 백성들이 겪는 고통과 참상을 직접 목격하였던 그는 문학이 단순한 개인적 감상의 토로에 그치는 것이 아니라 불합리한 사회 현실의 모순과 병폐를 반영해야 한다고 생각했다. 통치자의 덕화를 찬미, 칭송하려는 교화론적 관점에서가 아니라 통치자의 실정과 무능을 풍자, 고발하려는 관점에 서서 문학의 사회비판적 기능에 주목하였던 것이다.

이학규는 명문 양반 가문에서 태어났지만 이미 몰락한 경제적 처지에 비추어 더 이상 지배계급의 이익에만 얽매어 있을 수 없었다. 그리하여 그는 유배지에서의 불우한 생활 체험의 과정을 통해 농촌 주민들이 구체적인 생활상을 이해하고 공감할 수 있었으며, 그 결과 당시 사회 현실의 모순적 관계를 비판적으로 인식할 수 있었다. 여기에 더하여 그는 다산 정약용과의 빈번한 서신 왕래를 통해 그의 현실주의 문학 의식을 적극적으로 수용, 발전시켰다.

영남의 역사와 풍속을 노래한 시 　嶺南樂府序

　　『서경』에 이르기를 "시는 뜻을 말한 것이며, 노래는 말을 길게 늘어뜨린 것이다. 소리는 길게 늘어뜨리는 것에 따라 생겨나며, 율려律呂는 소리가 어울려 만들어진다"라고 하였다. 이것이 바로 악부樂府가 생겨난 까닭이다. 중국 옛날 삼대 때에는 보통 백성들이 길에서 노래한 것이라도 모두 방안에서 사용되었고 마을에서 불렀다. 삼대 이후로는 음악이 소멸되고 읊조리기만 하는 시가 점차 많아졌다. 『시경』의 작품에 이르러서는 악기에 맞추어 연주하는 음악이 되지 못하였다.

　　그러나 한위漢魏 시대의 노래의 경우, 「교사가郊祀歌」 「요취곡鐃吹曲」, 조식曹植의 「화각롱畵角弄」, 문희文姬의 「호가박胡笳拍」은 그 가사가 예스럽고 그 뜻은 은미하며 그 소리는 맑아 높낮이가 분명하니, 악기로 연주할 수 있었다. 당나라의 백거이白居易와 송나라의 범성대范成大 등에 이르러서는 이미 성률에 구애받지 않고,

그저 뜻을 말하고 사실을 서술하였으니, 악부라는 명칭은 빈 말일 뿐이었다. 명나라의 이동양李東陽이 『서애악부西涯樂府』를 지었는데, 따로 한 책이 된다. 옛날의 고악부古樂府를 모방하여 평이한 것을 없애고자 힘썼으나, '시는 본래 뜻을 말하는 것'임을 알지 못했다.

지금 임금(순조) 무진년(1808) 여름에 나는 복통을 앓아서, 날마다 인수옥因樹屋의 서편 마루에서 누워 지냈다. 이때 어떤 사람이 정인지鄭麟趾가 편찬한 『고려사』 몇 편을 보여주었다. 책장과 먹글씨가 해어지고 뭉개져서 알아보기가 어려웠다. 문득 이리저리 맞춰 보다가 "우왕禑王 2년에 합포合浦의 군사들이 김진金鎭을 소주도燒酒徒라고 불렀다"는 한 단락의 뜻을 겨우 알아내고, 크게 기뻐하면서 "이것으로 악부를 지을 만하다"라고 하였다.

이어 평소 들은 것을 간추리고 주위에 물어 보아서, 위로는 신라에서부터 아래로는 고려 말에 이르기까지 영남 지방과 관련된 사실과 인물들을 모아, 경우에 따라 제목을 붙이고 제목에 따라 글을 지었다. 날마다 조금씩 더해지고 분량이 많아져서, 이들을 모아서 『영남악부嶺南樂府』라고 불렀다.

그러나 기록하고 암송한 것과 고증한 것이 매우 적어서 상주처럼 넓은 지역과 안동처럼 이름난 학자가 많이 나온 것도 모두 빠져서 전하지 않는다. 또한 조선과 관련된 것이라도 그 일에 대해

嶺南樂府序

書曰詩言志歌永言聲依永律和聲此樂府之所以興也
三代之際雖匹夫匹婦街謠巷歌皆可以用之房中而播
之庭縣三代以降樂亡而歌詩寢盛四始之作始不與八
音相依為聲然嘗歷攷漢魏如郊祀之歌鐃吹之曲子建
盡甫之美文姬茄之拍其詞則古其旨則微其音則濁
竟頹挫猶施之搏拊按摩之間臭至如唐之白居易宋之
范成大則己不拘聲律直言其志道其事樂府之稱徒言

『영남악부』 1책, 서울대 가람문고본

더 이상 탐구할 수 없으니, 어찌 망령된 일이 아니겠는가? 지극히

근신하니 하나도 미치지 않았다. 연대가 어긋나거나 사실의 잘못됨 같은 것은 보통 사람들도 보고 들은 것이지만 미상하다고 핑계대어 모두 버리고, 혹 세상을 그릇되게 여기어 바른 도리를 말한 것은 싫어할 줄 알면서도 일부러 전한다.

지난번에 보건대, 정탁옹이 호남 지방에 유배되어 6~7년이 되었을 때 「탐진악부耽津樂府」 수십 장을 지었는데, 서울의 사대부가에 널리 전해졌다. 어떤 이는 헐뜯기를 "이 사람은 참으로 특이한 재주가 있다. 특이한 재주를 지닌 것이 상서롭지 못하게 된 까닭이니, 입에 올릴 것이 못 된다"라고 하였다. 내가 이 작품을 이어서 약간 편을 지었다. 만약 서울로 흘러 들어가게 되면, 사대부들이 장차 또 무어라고 할 것인가?

아! 말한 사람은 죄가 없다고 하지만, 듣는 사람은 좋아하기도 하고 싫어하기도 하니, 이른바 사물은 사람으로 인해 귀하게도 되고 천하게도 된다. 나는 이 작품들을 지을 때 체재의 올바름과 성률의 엄격함을 따지지 않았다. 다만 근본이 되는 사실을 서술하고 진실한 감정을 표현하는 것이 백거이白居易, 범성대范成大와 같기만 하면 좋을 것이다. 악기 반주에 오르고 궁궐 연주에 끼어 관료들에게 아양 떨기를 바라겠는가?

『영남악부』는 다산 정약용이 지은 『탐진악부』의 영향을 받아 그의 나이 39세에 지은 글이다. 영남이라는 특정한 지역에 초점을 맞추어, 영남 지역과 관련된 역사적 인물이나 사건들을 시의 소재로 활용하였다. 총 68수로 이루어져 있고, 글자수가 일정하지 않은 잡언체雜言體를 주로 구사하였으며, 방언과 토속어 등을 시어로 활용하여 민족적 정감을 잘 살려내고 있다. 내용 방면에서 특기할 점은 당대 현실에 대한 비판적 인식과 현실의식이다.

『영남악부』에서 많이 다루어지고 있는 소재 가운데 하나는 정치적 부패와 혼란이다. 예컨대 「철문어鐵文魚」라는 작품은 고려 우왕 때 배원룡이라는 사람이 백성들의 농기구 등을 포함해 쇠붙이는 모조리 침탈해 갔던 점을 풍자하고 있다. 철문어는 '쇠붙이를 집어삼키는 문어'로서 배원룡을 풍자하는 말이다. 다산 정약용이 지은 『탐진악부』가 서울의 벼슬아치들에게 비난의 대상이 되었던 것처럼, 『영남악부』 또한 벼슬아치들의 비난을 사겠지만 크게 괘념하지 않고 있다. 오직 사실을 서술하고 진실된 감정을 표현하는 데에 주력했다고 밝히고 있다. 과거의 역사적 인물과 사건을 정확하게 재현함으로써, 오늘을 살아가는 위정자들에게 귀감이 될 수 있도록 하려는 현실 의식의 소산인 것이다.

이광려와 박지원의 시문 與某人

　근래의 시문 중에서 마땅히 이광려李匡呂와 박지원朴趾源을 일대의 이름난 작가로 치지요. 다만 이광려의 시에는 여전히 우리나라 사람의 기미가 있으며, 박지원의 문장은 대가의 솜씨를 갖추고 있지 못한 것이 아쉬울 뿐이랍니다. 이 두 분 선배의 가슴 속에는 당파에 얽매인 생각이 조금도 없으며, 입에서 당론과 관련된 말을 한 마디도 하지 않아서, 이처럼 훌륭한 시문을 성취하게 된 것입니다. 요즘 세상의 사대부 가문에서는 당파에 얽매인 생각이 먼저 자리를 잡아서 안목이 바르지 못하고 의론도 공정하지 못하지요. 그러하니 어떻게 훌륭한 시문을 써낼 수 있겠습니까? 이 점은 우리들이 또한 알지 않으면 안 되는 것이지요.

이광려의 시와 박지원의 산문을 뛰어나다고 평가하게 하는 이유를 당파에 얽매이지 않은 공정한 마음에서 찾고 있다. 이광려는 소론 출신의 문인 학자였으며, 박지원은 노론 출신의 명문 가문에서 태어났다. 두 사람은 소론과 노론으로 당파를 달리 했지만, 특정 당파에 얽매이지 않은 자세를 견지하였다는 점에서 공통적이다. 박지원은 특정 정파나 신분적 차이를 뛰어넘어 다양한 부류와 계층의 인물들과 활발한 교유 관계를 형성하였다.

뛰어난 시문 창작의 조건은 작가의 올바른 안목과 의론에 달려 있으니, 그러기 위해서는 특정 당파에 치우쳐서는 안 된다고 보았다. 공정하고 객관적인 안목과 의론은 좋은 글을 쓰기 위한 필요 조건인 셈이다.

제1부

원문

擬祭丁孺人文

洛下生之居南二十年庚辰，其亡婦孺人丁氏，就窆窆後六年也．其仲秋十五日戊戌，凡邑之上戶掾胥軍校，堅牛醫馬廝餅師酒㸃之倫，俱得具魚蔬酒果，男負女荷，登山澆墳墓，祭弔亡魂．生有隱恫至哀，不能自抑，乃爲文，擬酹其亡婦窆窆之所，曰：

嗚呼！忍言哉？予生也不祿，生二三歲，卽聞知先府君已先予生五月棄世．予又羸弱善病，病亟，則見先妣泣且祝予曰："天苟愍汝父早夭乎？惻汝無所怙乎？幸而令汝長大，有妻有兒，我卽溘死，有遺恨乎？"雖予蒙騃無所知，未嘗不卽欲長大，卽欲有妻有兒，爲先妣得一日慰安也．

嗚呼！忍言哉？予年志學，聘孺人于鎮川縣之官廨，卽聞知先舅姑棄世已十數年，亦無他子女與相提抱，兩窮相迮，相念相恤．孺人當泣，且告予曰："女子旣嫁，則割離父母．況無父母可怙，兄弟可倚者乎？盍亦勉思進取？倘異日有前訶後騶者，拜埽我父母墳墓，使逝者有知，顧不大感激乎？"雖予浮汎無所，志未嘗不卽願進取，卽願領訶騶，拜埽墳兆，爲孺人圖一日喜懽也．

嗚呼! 忍言哉? 予之不見孺人面, 已二十年, 不見手書六年, 生離十五年, 死別又六年矣. 予若不學不文, 則有是乎? 無虛名虛譽, 則有是乎? 嚮之爲名儒鉅卿者, 不予推與引進, 則有是乎? 予之居南也, 有千辛萬苦, 而孺人不一知之. 孺人之居家也, 有千辛萬苦, 而予亦不一知之. 庶幾會合之日, 各敍其辛苦, 窮日達夜, 一喜一悲, 以畢世, 毋相忘也. 今焉已矣. 今焉已矣.

嗚呼! 忍言哉? 孺人之於予, 有大恩而不克報, 有至恨而無以慰. 予所以或中夜起坐, 想極如癡, 五內燥熱, 不能自已者. 予之南也, 有弊廬十數楹, 不葺且數年, 有薄田在嶺西, 斥賣已過半矣. 先妣夙嬰羸疾, 奄奄在席. 孺人蓬首垢面, 日賃針線, 夜以繼晝, 凡毳甘之需, 藥餌之須, 無少闕焉, 十五年如一日也. 每家書至, 先妣道孺人誠孝不置, 孺人則無一言及苦況也. 此大恩不克報也. 孺人平日雖甚苦難, 無怨恨愁嘆聲, 非大病垂死, 則不言楚痛也. 予之南也, 初亦不言契闊之苦, 離索之難也. 越十年後, 有書數百行, 有曰: "髮之白者, 已不可鑷, 肌之腠者, 且可蹙摺, 如是而復見夫子, 反不益羞澀乎", 非死侯至近, 情溢心迫, 則必無有此語也. 此至恨無以慰也.

嗚呼! 忍言哉? 記予在家, 夏秋之交, 薪米恒不繼也. 孺人嘗煮苦瓠糝臭豉, 力勸予盡之, 予反勸孺人一嘗, 相視以爲笑. 及後家益落, 兒子且病臥, 苦瓠臭豉, 亦無勸一嘗者, 竟積餒得疾以死. 當予之告別, 孺人無一言, 但俛首摩挲予衣裾, 視其眦, 若有凝淚. 及後病亟,聲嘶氣咽, 亦不能一言及予也.

　嗚呼! 忍言哉? 昔孺人之在盛年, 齒瑩如玉, 眉長而曲, 聞其垂死也, 面焦以黔, 眼枯以突. 予亦日就搖落, 居然老禿翁矣. 倘百歲之後, 相見于九原, 孺人尚能認予乎? 予亦尚能認孺人乎?

　嗚呼! 哀哉! 尚饗.

哭允母文[1]

允母, 晉陽姜氏, 以道光元年辛巳十一月四日, 因産娩受風, 淹然九日而殞. 越九日己未, 權厝于府北十里山幕谷戌坐之原, 又越九日丁卯, 其夫平原李學逵具酒一壺, 奠藏一桮, 乃自醨自嚼, 若平日之勸酬, 然後口告其所嘗寢處之所曰:

嗚呼我生, 名實不濟. 自我居南, 越十五載. 孺人丁氏, 歿于舊第. 生離未終, 死別以繼.

猶臆有格, 不淚不涕. 時自呪呪, 心語手計. 不謂我命, 若是大懟. 城南之屋, 草長泥淤.

有數童子, 勉自課書. 五日一盥, 十日一梳. 居停送食, 蔬生糲挊. 席斷見經, 襪弊露跗.

然不自且, 安眠飽餔. 人亦訝我, 鬢髮皙膚. 歲丁丑冬, 值隣媼語. 謂其近閭, 有女子處.

其少也貧, 力作自樹. 亦無衆兄, 亦無親父. 有睢盱者, 女悉力拒.

---

1) 原註: 偶閱故紙, 得舊藁, 追錄于此

兩窮相遭，亦禦外侮．

　　子盍言諸，言必聽許．自我遘汝，五年于玆．勢已卯夏，先妣割慈．天地殞墜，生死罔涯．

　　結我絰帶，注我粥糜．謂終孝者，持衰祭葚．毋敢毀滅，髮膚體骸．言或有理，情亦可哀．

　　亦有尊賓，訶驅輿蓋．何有何無，清酒曡膾．迨賓出歸，顧我一冑．自不能官，官者來拜．

　　我哀夫子，屬命不泰．毋念我單，毋恤我勩．但速蒙恩，歸歟故第．今年孟冬，袞禍弊渝．

　　明燈在牖，手掉紡車．呼我曰起，爲助治繻．房廊之隙，種一區蔬．經理櫛櫛，蔥菘芥葫．

　　時腹有娠，盡力痀瘻．投鉏而喙，顧我色殊．其眶有淚，俛首就隅．詢厥泣故，謂産媿虞．

　　適我幽憂，僑于僧宇．信宿而歸，閴其庭戶．不飯不漿，日曝罇俎．視我入來，懽然色紓．

　　於其翌晨，坐草得女．旣娩而委，氣喘首楚．或言風邪，或言惡露．潒痒臆塞，喝脣戰股．

　　藥不能靈，醫無可語．迨汝死日，舌澁聲嘶．猶掺我手，若有所□．將吐未吐，張目遲遲．

　　然不敢哭，恐我增悲．顧視襁褓，僶勉一提．提卽就乳，哀傷慘悽．

疇謂一訣, 竟至於斯.

嗚呼! 痛可忍言哉? 人孰無情, 人孰不死. 人死而哀, 人人若是. 然我之情, 汝則知矣.

惸惸隻身, 謂汝可恃. 配體則耦, 執役爲婢. 無晨無晝, 油鹽漿酏. 推甘歠苦, 祝我倪齒.

昔汝語我, 生未一朞. 魃病絶乳, 又多篸笞. 今於壯歲, 凶薄如孩. 尤忌黑夜, 怖怯疑猜.

或我夜出, 湛于酒杯. 張燈而竢, 狀貌可哀. 九原之下, 深黑如煤. 無燈可燭, 無人可陪.

緣或未盡, 再見泉臺. 情或未斷, 數入夢來. 嘵嘵弱嬰, 尙汝姁哺. 我抱而飼, 我提而步.

亦有薄田, 室廬場圃. 亦有遺衣, 帔袿襦袴. 竢長成日, 計數交付. 苟我蒙恩, 歸謁先墓.

當不舍汝, 挈櫬就路. 上巳中秋, 芟草種樹. 猶勝塗殍, 委骼暴露. 但汝知此, 莫戀莫顧.

昔我謂汝, 汝若有兒. 當名曰允, 汝乃允嬰. 汝不識字, 不以文爲. 但呼允母, 曰我在斯.

靈若逝矣, 無可來期. 如其未爾, 尙聞知之. 嗚呼哀哉, 尙聞知之.

與某人

漸寒, 南中益佳, 起居益勝. 僕謂人情隨遇而變, 非可以常律之也.
每見未經産媳婦, 覩斯世之孤危, 念顧復之無所, 則但願一經坐草,
隨分抱哺, 得如他家婦子, 懽弄一日, 雖使今日爲人母, 來日哭殤, 當
不恨也. 及夫産下若干骨肉, 費盡若干心血, 正當呢喃匍匐時侯, 慈
愛轉深, 所望轉切, 未免爲凶疹逆痘攝將去, 遂乃搗胸頓足, 聲嘶氣
咽, 正昔人所謂此中近日惟以眼淚洗面者也. 念前日之早悟乖覺, 丰
茸夙成, 則又今日拔不去之眼釘也, 乃反曰: 此我家寃障爾. 早知不
秀, 始不如不爲親屬也.

轉憶前日僕在家, 值二兒痘發, 方其化去, 覩夫呼爹覓孃, 宛轉懷
抱中, 此時但覺心頭急跳, 手脚忙掉, 蘁願高飛遠走, 以離目前作惡
也. 客冬, 坐因樹屋中, 覩家書, 三兒因久痢化去, 不覺淚簌簌被面,
不恨三兒速化, 惟恨化去之日, 不復一見面貌也. 此如病瘧者, 當其
寒時, 思量天下之物, 都似火山炎炎, 至其熱時, 又惟恐天下之物盡
不如寒冰波沱.

嗟乎! 生死不可常, 而人情亦隨而無常. 世界如陽燄泡花, 聚散懽

憾, 能幾時乎? 昔人謂生生世世, 不願爲有情人, 此妄耳. 僕謂男子漢
値事變日, 須咬斷熟鐵, 不爲事變所撓, 則善矣. 此不但爲下殤言, 正
爲如僕胸無寸鐵者戒也. 聞足下近日遭殤, 惟恐如僕襄日之不一見面
貌爲恨也. 故言之不厭齦縷也.

大谷草序

昔者伯津有敝廬，在盤松坊坤維圓嶠之下，地舊産含桃。每春時花發，香雪滿一庭。伯津置小樓其間，日寢處，吟哦不輟，篇什旣富，命之曰朱雪樓藁。蓋其詩無一篇不與予倡酬，亦無一字不命予鑑定可否，十許年如一日也。

辛酉夏予之之爾陵也，就別伯津于是樓之下，時先妣及室人，皆揮涕敍別于樓門之外，旣蓐食納屨，回視樓中，研栗紙墨，縱橫位置如前日，兒女婢僕，出入馳走，亦如前日也。以後苟一追念，怳然若身在目擊也。垂今二十餘年，人之存者，僅向日之童穉四五而已，樓已再易主，而今又析屋，取材瓦斥賣，莽然丘墟而已。向所謂朱雪樓藁若干編，間托付某村畯主家，貿貿取苴履覆瓿殆盡。甲戌春，伯津竟挈家，大歸于邵城之大谷，谷後直蘇徠山，予家五世塋墓在焉，所謂狐死猶首丘者非邪？伯津於今世，若敗蘀之離枝，飄飄顚倒，猶留戀故根，無復前日之沃若可念矣，猶復遇境興思，觸緒棼如，作爲五七言雜體一百八十餘篇，復命之曰大谷草。客冬，持以示予。嗟乎！計自今又二十餘年，伯津與予尚能見存否？今所寄處，敗茅六七楹耳，尚能不毁析斥賣否? 若所謂百八十餘篇者, 不復爲村畯所攘竊撝棄否? 皆未可知者, 伯津亦當一笑任之也.

哭童子禹聖敦文

維嘉慶十五年庚午八月三日乙酉, 童子禹聖敦, 將就窀穸, 旅人洛下李生前日與之有至愛之情, 吞涕飲泣, 爲文而告之曰:

嗚呼! 傷哉. 余之離余邱墓室家, 而爲茲土之纍囚, 且已十年矣. 凡余子女之孩者卝, 卝者冠, 冠者抱子, 而余不一見之. 生者疾, 疾者札, 札者且骨朽形澌, 而余不一見之. 汝之始見余, 齒甫改齔, 而余喜見汝之容貌羸而頗秀, 應對警而頗敏矣. 余喜見汝之持心有所不忍, 行己有所不爲, 而後試授以朱晦菴小學二三篇, 卽已琅琅上口矣. 繼示以柳誠懸書法一二行, 卽亦孳孳正心矣. 余喜見汝之覩邦慶頒敎, 則私眤余與霑恩敉, 遇伏臘醲醴飲, 則苦念余不瑕愶如矣. 余喜見汝之叱訶, 而不形怨慍, 指使而不遑奔趨矣. 余卽以余子女之不一見者, 不爲大恨, 而惟喜見汝之于余, 如子之于父. 余且竭余巾衍之藏, 以授汝矣.

嗚呼! 傷哉. 汝之遘癘也, 一由於馳逐行路, 氣奪神疲, 一由於塾師嚴急, 晝不得息, 夜不得寐. 汝嘗見余, 而苦懇此情矣. 藥餌多岐, 而不審取捨者, 以汝爲庸醫之費人矣. 委頓日久, 而不數顧視者, 又以汝爲溝瀆之棄物矣. 所不忍以忘者, 汝病之初, 余一往診, 則汝卽力疾躩然而旋委, 猶望余有起死之方. 雖苦雖辣, 以泣以涕, 未敢不僶勉仰呑矣.

嗚呼! 傷哉. 其生也, 不能導之以勿病, 其病也, 又不能摻執以一訣, 蓋有故焉, 而不可言者. 汝胡獨不諒乎? 今者秋風日凉, 霖雨其霽, 見余籬落之間, 碧花紅實, 無非汝年時之所經理, 囱戶之間, 朱書墨札, 又無非汝朝夕之所嬉戱, 而汝乃脫然長逝, 溘然永寐, 空山之雨, 愀然泣灑, 方將木石之與處, 而山魈林魅之爲侶矣.

嗚呼! 傷哉. 汝之得年甫十六, 而以丰茸方長, 而就朽腐陳故者, 豈汝之故爲是, 詒汝父母之大慽, 而使余遲回躑躅, 無以爲情也乎? 是必有不得已者存, 而不由汝不爲是焉已矣.

嗚呼! 傷哉.

權耆配驪州李氏墓誌銘

嗚呼! 予不祿于天, 先考棄世五閏月, 而先妣始娩余于予外家皇華里第. 維時予外王考惠寶公臨老, 舉姓孫, 屢夭不育, 晚得一女孫, 先予若干月而生. 自生至十許歲, 與予哺同乳, 食同案, 嬉戲馳走, 無不與予同焉. 惠寶公朝哺, 持餌餳菰果之類, 頷之使來, 掖之使去, 以爲笑樂, 亦莫不與予同焉. 故知姊氏之詳, 蓋莫予若也.

姊氏生而有悟性, 甫三歲, 問母氏曰: 諱某, 官貳相公, 於吾爲幾歲祖考, 且其生辰在何歲, 得其詳, 卽垂首僂指, 遽前告曰: 踞今爲二百一十六歲矣. 傍觀無不駭嘆. 我國諺書, 有名反切者, 婦女之所專習也. 一聞卽解, 兼能走筆, 書無遲疑. 時惠寶公方教予學跢坐, 口授唐人詩絶句若干篇, 姊氏在傍, 若不聞者, 已而叩之, 悉能暗誦, 兼能道其義甚詳也. 及長, 沈嘿罕言笑, 每盥櫛斂衽而坐, 肌理玉耀, 目不邪視, 儼然如成人也.

年十六, 歸于權氏君耆, 故戶曹判書以鎭六世孫, 蔭授龍安縣監尙熺之子也. 有老婢, 從姊氏往役, 權所歸言, 其尊章及尊姑皆曰: 吾子婦有德性, 可寄托也. 其姒娣皆曰: "吾娣有德容, 可矜式也." 其婢僕

皆相謂曰: "吾主母有德音, 可誦持也. 及姊氏歸寧, 人或問之, 則但
遜謝曰: 傳者誤爾. 健陵庚戌某月日, 産一子, 坐草未旬日而歿. 先是
偶見蠶蛾之出又繭, 嘆息謂人曰: 蛹猶羽化, 人爲物靈, 豈終就臭腐
者邪? 已而竟化去, 獲年纔二十有一. 翌年某月日, 葬于某鄕某坐之
原, 子亦甫周歲而夭.

　　銘曰: 其於世, 不壽而慧. 宜其於異世, 不朽而蛻. 豈造化者故使至
脆, 而速就瘞.

與孫拭魯

　　昔者李星湖先生其胤氏佐郎公, 遘其疾. 先生晝不進飯, 夜不卽枕, 飲食湯藥, 無或失時. 佐郎公旣屬纊, 先生卽返寢所, 一臥鼾息齁齁. 或曰: "是不情者與?" 先生答曰: "我方衰耄, 一子遘奇疾, 晝夜以扶將治療, 我之分也. 彼旣長逝, 命也. 命可爭乎? 安眠强飯, 以盡吾餘年, 亦分也." 此事, 僕於幼年, 承聞于外王考惠寰公.

　　昔僕之曾王考奉朝賀公, 遭伯祖考上舍公喪, 旋又除拜洪州牧使. 旣陛辭, 啓程之晨, 入臨筵几, 哭一再聲. 卽出騎馬, 若無顧戀. 或訝之, 謝曰: "我非不慽者. 王事畀我, 我可以私慽, 耽擱王事乎?" 此事聞諸崔土木先生. 先生於奉朝賀公爲外孫也. 似聞執事, 自遭毒慽, 至廢寢食毀軀體, 斷非讀書見理安心順命者之爲也. 玆以昔年所聞數事仰陳. 古人有言, '功業須看前面人, 貧賤須看後面人.' 然前面人, 何但功業? 後面人, 何但貧賤? 至如此等, 無非看卻樣子處也.

答金農師

足下以爲死生之際, 可以易言者耶? 吾人若於此關頭了辦得過, 天下更無第二副難事. 何苦向窮鄕村社, 肥脂廣腹兒面前, 乞貸錢米, 區區作朝哺過活耶? 朱子答廖子晦書云, "東坡在湖州被逮時, 面無人色, 兩足俱軟, 幾不能行, 求入與家人訣, 而使者不聽." 又答李伯諫書云, "楊大年資品淸介, 立朝獻替, 略猶可觀, 而釋子特以爲知道者, 以其有八角磨盤之句耳. 然旣謂之知道, 則於死生之際, 宜亦猶過人者, 而方丁謂之逐萊公也. 以他事召公, 至中書, 公乃恐懼, 至於便液俱下, 面無人色. 八角磨盤, 果安在哉?"

足下謂楊大年蘇子瞻, 爲何如人耶? 彼其平日立心持論, 必有大過人者, 而至於決撒之際, 不能無沮喪失措. 況下此一等人耶? 足下氣太銳, 論太輕, 秉執未眞, 閱歷未多. 且須熟觀孟子不動心一篇文字, 去做了三十年喫緊工夫, 然後卻理會此事爲未晩也.

제 2부

원문

譬解八則

寒時，思貧院乞兒，向雪夜裏，臥人矮簷下，半絮半氈，手腿皸裂，波沱哀冤．

熱時，思襪褲傭夫，方午把鉏，流汗如雨，從草萊中，傴僂匍匐，盡晝力作．

飢時，思沿門叫化人，蟬腸龜腹，力疾行走，惟患粥糜，猶未到口，氣欠顙泚，看看待盡．

渴時，思仰漿人，毒發喉燥，無可形狀，循衣摸床，此時頓覺心悶欲爆，眼睒不轉，儘意胡叫．

愁時，思禍家子，骨肉已皆就殊，家貲隨卽蕩散，身復爲奴，竄身荒徼，追思囊時，懽笑行樂，心腸如制，有淚先從．

悶時，思從殉人，向地道裏，仰見上頭，黝黑如磐，漆燈幽幽待燼，此時雖復爲霹靂震死，但復一聞人世聲響，也是快心．

憂時，思屬纊人，舌卷喘急，猶眼光未落，情根不斷，傍見老親呼喚，如何應待，良妻啜泣，如何吩咐，男女如何嫁娶，家伙田地，如何措置，無那鬼符已到，撒手拋卻．

病時，思諸古人，已向土饅頭中，骨朽形銷，長夜漫漫，何時復朝．

答某人

吾人之不可無頓無者, 惟此妄想一段而已. 今世之無求於人, 無望於世者, 莫吾輩若也, 而猶且有一條妄想, 忽而九天, 忽而九地, 大而四海之廣, 細而毫末之微, 其集密如牛毛, 其變速於空花, 遊而不定, 如蜻蜓之點水, 遣而復來, 如影燈之回復, 除却夜間倒頭睡著時侯, 更不一刻暫去. 蓋吾此心, 是至活底物, 譬猶燄火. 夫燄火之爲物也, 無所附著, 則不能自有, 不著於木頭, 則著於油燼耳. 纔去木頭油燼, 便無此燄火矣.

昔有一窮老措大, 每自言夜中苦未著睡, 因想起所居屋後, 穴地求泉, 忽然鋤頭不陷, 鏗然有聲, 視之則古鼎蓋頭耳. 盡力一揭, 見一甕白金磊落, 如新發鎔, 顧視適無傍人, 亟喚妻若子, 忙忙運至密室中, 摠計可重三四萬兩, 便於今日試賣一二錠, 明日又賣三四錠. 如是屢月. 今月還債已畢, 來月命子迎婦, 不踰年而田園樓臺, 臧獲牛馬, 服玩飲食, 無不畢備, 居然作一富家翁. 其樂無忤也. 聞之者, 無不失笑.

嗟乎! 此人不知所以趺却妄想者, 可哀不可笑也. 且夫自身徇行妄想者, 狂夫也. 自口道出妄想者, 呆人也. 至人則不然, 纔有一條妄想,卽便作一副正想, 趺却之, 纔有二條妄想, 便又作二副正想, 趺却之.
孟子曰: "鷄鳴而起, 孳孳爲利者, 徇於妄想之謂也. 鷄鳴而起, 孳孳
爲善者, 趺却妄想之聖者也." 今欲於此心中, 永無此一段妄想, 則正
猶燄火之去所附著也. 枯木也, 死灰也, 定非吾胸中之活底物也. 足
下試思之.

與某人

足下見東山之蒼翠蔚然, 江水暎帶, 悠然有離群獨往之計. 此因足下閱歷不多, 思慮不周, 不講於視遠與近之異也. 況足下門外有良田四五頃, 陂池有閘, 水旱不便爲災. 舍後喬松百株, 脩竹千竿, 生於斯, 長於斯, 力作於斯, 足以了足下一生. 使我望之, 亦如足下見東山之蒼翠, 江水之暎帶, 不勝健羨健羨. 足下何苦於斯, 而必欲高翔遠擧, 詒悔於方來, 取譏於當時耶?

記昔年僕爲古貊之遊, 路中望見隔江濱陽, 人家依山傍水, 楓槲交加, 茅茨掩暎, 朝日照之, 霜葉或黃或丹, 樵舴鹽艕, 相望往還, 蔬畦稻堆, 隨指隱現, 亦有植杖而停於壟者, 執帚而循於場者, 攜幼而戴盆者, 速耦而曳犁者, 雞犬散行, 炊煙間起, 不覺神往興發, 意謂異日, 挈家長往, 則不惟忘憂, 可以終老. 歸日, 亟以此語, 語吾友蒲園子. 蒲園笑曰: "是乃我前日足涉而身歷者耳. 我之至彼, 惟見村前石田磽确, 菜甲稀疎, 屋廬低小, 揖讓傴僂. 村人言夏月雨潦江漲, 則水田動被決堮, 竟年作勞, 付之西流之波, 久旱則石地燋熱, 百穀驟乾, 惟雨暘時中, 原隰俱登, 則吾村可以舒息無憂矣. 留彼不過信宿, 而朝晝

則尚自可意. 初昏以後, 出門定爲虎攬, 入門旋下虎網, 無家不固扃,
且無家無壁蝨, 爬搔成瘡, 竟夜失寐. 此時直欲發狂大叫, 向所謂樵
艖鹽瑇, 蔬畦稻堆, 假使全數讓我, 使我復停一宿, 當掉頭亟走矣."

　　此言不惟使人深覺村居苦況, 實亦有得於視遠與近之異也. 此足下
勿憚一日之勞, 試往陟乎東山之頂, 以回望乎足下所居田園屋宇陂池
竹木, 則果無勝於自所居望東山乎否乎? 足下諒之.

與某人

此中有四般苦況, 不比他苦, 不可不令吾兄知之. 此中日夜所望者,
惟是一見家書, 而臨見家書時, 便如待勘重囚, 將見上司判詞, 胸中
先自跳動, 如聞霹靂有聲, 殆難按下, 傍人亦謂我面色紅白不定. 纔
見書, 了知老親如夙昔, 妻子粗過活, 卽便望明日又見如此家書, 定
如病渴人, 纔飲過一盃涼水, 又思飲一盃涼水, 愈飲愈渴, 了無歇時.
此一苦也.

不飲酒, 則不惟喉渴, 便覺心渴, 胸中格格, 如有硬物窒礙. 此中安
有錢鈔耶? 傍人有織芒屨, 每朝得四五鈔, 從而假貸, 盡付當壚家. 織
屨人, 何處得許多錢鈔, 旣以自供, 復以給人耶? 時時念到, 惟自仰空
而已. 此二苦也.

此鄉之人, 每遇隣里喪死, 不論樵翁牧豎餠師酒婆, 動費一張紙本,
東西奔馳, 乞爲輓詩. 其有衣冠舊族, 城府良家, 不惟乞爲輓詩, 仍復
乞爲祭文. 三家村中稍解訓蒙者何限, 而都是胡叫杜撰, 動謂應擧時
文, 或請點改, 或乞評語. 至如問喪慰疏, 求婚訊簡, 擧謂京華人, 定
識體面, 點簿按實, 具牒紀詳, 亦謂文翰家必有見聞, 鱗集蟻附, 牢不

可拒, 不謂渠所切須, 動稱爲我消遣. 假使此輩爲我損却一毛, 勞却一指, 定是掉頭亟走, 惟自秏我精光, 速我衰朽耳. 此三苦也.

僕平生惡見蛇虺, 偶一經眼, 竟日體粟. 居南以後, 房廊戶庭, 動遇此物. 每曛黑之際, 偶見枯枝朽索, 無不失聲反走. 蚊蚋之先咬死蛇腥穢者, 一嘬皮膚, 動如瘡癟, 痛癢經旬. 此鄉之人見殺蛇虺, 如觸大厲, 謂是獞毒人, 定受惡報. 我何可撓於報應, 而第嫌獞毒之目耳. 此四苦也.

嗟乎! 生居安樂者, 一刺劙爪, 猶以爲苦, 一蠅噆肌, 亦以爲苦. 我獨何人哉? 偏受此苦, 而救苦無人, 離苦無地. 今日雖使吾兄盡知此苦, 於僕固無損益, 而環顧今世, 此情此狀, 亦無處告知. 今故言之, 不嫌絮煩耳.

答某人

足下要知我近日所事乎? 近日爲膈痰所苦, 早起於坐次, 燒却一二烟俗, 朝日已在東窓第二眼矣. 盤飱甫撤, 鮻鯦魜胃, 摸捫不定, 不覺倒頭一睡. 睡起, 見傍人織芒屨, 自揀稻草秆, 助按屨耳. 過午則爲夕陽所逼, 奔避屋後數處, 古樹蔭下, 聽隣人唱時世下山歌. 初昏以後, 爲飛蚊所苦, 搖手振脚, 無異風狂人體態. 聽官樓作閉門鼓角聲, 揩枕一臥, 任爾千萬蚊陳咬我至露肋, 我惟望此夜睡著耳. 每日周而復始, 如此度了. 今欲詳報一通, 則實無所事可以泚筆, 欲不報, 則是亦無事中事也. 又恐足下把我作冷淡人看, 茲覼縷至此耳.

答某人

僕家最貧, 備經顛沛, 繼以喪紀, 田園藏獲, 已斥賣盡矣. 弱子幼婦, 朝不謀夕, 不惟無法求生, 亦無路覓死. 夫安望以尺布斗粟, 轉及於渠翁耶? 僕居此鄉已卄四寒暑矣. 所嘗與過從問訊者, 何至十百? 而有饋盃酒者矣, 有假什器者矣. 至若金錢粟帛, 雖願借玩一日, 必無有肯諾矣. 第頑忍不減, 視息自如, 飢思喫飯, 寒思絮衣, 疾傷楚痛, 思爲藥餌. 是以不顧卑下之辱, 不恤鄙吝之譏, 苟其無害於義, 無傷於廉, 率皆設心求之, 放膽爲之. 每中夜不寢, 心口相語, 不覺憮然自怍怛然痛歎也. 自辛年以來, 舉世之視僕, 如穢毒惡物, 惟恐近之者還污, 向之者被陷. 姻戚故舊, 晨夕相值者, 今而擁呵驤佩符章, 名位愈顯, 顧忌愈深, 惟恐累人之談道昔事, 損己清華. 如是而可望齒于人類, 與世和同乎?

答某人

喫飯而忌麥, 飮酒而厭濁, 在貴人則可, 吾輩則不可. 飯必轆盂, 酒要濫盌, 在吾輩則可, 貴人則不可. 嗟乎! 吾輩窮且賤者耳. 倂日一粥, 猶患不給, 況何忌乎麥? 何厭乎濁者乎? 今而後知轆盂爲吾輩勝致, 濫盌亦吾輩橫福. 第恨此事, 亦不數數耳.

與某人

窮鄉寒畯家, 最喜聞朝廷大官權位升沈, 最喜言郡邑守宰政令能否. 逢人則問之, 亦逢人則言之, 恬不自怪也. 此皆專由於自歉寒微, 要攬高華, 冀或齒類於閥閱, 見重於鄉閭耳. 見識不長, 體態愈野, 殊不知爲有識者代悶, 可笑亦可哀也. 吾家子侄輩, 渠生而不及見祖先仕宦之迹, 成長窮閭, 旣貧且賤, 見聞不踰乎升斗乞貸, 議論不出乎忝竊科第, 終爲此輩寒畯而已矣. 嗟乎! 寒畯亦豈自祖先便爲寒畯耶? 亦如吾輩家漸賤漸貧, 生質旣不俊, 教訓又不及, 以至今日寒畯耳. 第勿令兒輩, 樂聞寒畯家所喜聞之事, 樂道寒畯家所喜道之言, 則斯吾家大幸耳. 言之及此, 陡覺浩歎.

與某人

汝於近日作如此詩句, 漸有磨鍊之意. 且聞文理稍進, 不勞長者訓解, 從此而雜浪之事頓止云. 此心欣慰, 非望汝異日可以獵取科名也. 家聲至吾身衄辱, 或望汝不墜先業, 復存家聲也. 忍飢忍渴, 乃是吾輩人常事. 彼豊衣足食, 而目不識一丁, 胸中黑洞洞, 無一段義理者, 顧不爲有識者代恥耶? 彼則軀殼信美, 而靈性實餒. 汝若孜孜不已, 日聞所不聞, 日格所不知, 則雖三日一炊飯, 其靈實飽也. 何所恨乎?

與某人

　　聞汝舉丈夫兒，此心欣喜，至於忘寢．第汝有書，而不及此，想由汝害羞，於汝何深責耶？前年産女，今年又汝生男，十年之間，孩者丱，丱者冠，而又生孩者，吾衰可知，以吾衰而益念吾老親衰謝，謂之何哉？近日讀書乎？作賦乎？讀書須報讀何書，作賦亦須寄一二篇，以破我愁鬱，至可至可．

與某人

　　前日寄汝敗筆一牀, 松煙墨半丸, 皆不堪用, 非望汝作字妍好, 以吾手中終年把持, 望汝見此, 而如見我也. 汝須作若干詩篇, 用此揮灑以示我, 使我亦如見汝運手經營時形態. 甚好, 甚好.

答某人

　　此間風吹草動, 動疑蛇行. 睡餘耳鳴, 便謂蚊陳. 烈陽所曝, 樑木流脂, 窄屋向西, 西日返照, 便如熱鐵上螞蟻, 東西奔避, 無處安身, 如此而人生安得不老? 因想足下處地清閑, 歲月如花, 涼室如秋, 紋簟如水, 花香如蜜, 酒味如老瓜漿, 胸中自無不滿之事, 正如僕向日坐家無事時境界. 但僕於向日, 不能一番念到於此般苦況. 足下則不惟念之, 兼又矜之, 不惟矜之, 且又問之. 此乃足下高人一等處, 僕之降人一等處也.

答某人

同牀各夢, 本不相關, 左手痛癢, 右手不知. 同牀之密, 而猶尙如此, 一人之身, 而猶尙如此. 況何望乎坐家無事者之出則有花棚燈市, 足以暢懷, 入則有碁枰酒榼, 足以娛情, 而或者念及於吾輩苦情耶? 嗟乎! 此曹終身自快活, 吾輩終身自悽苦耳. 然此曹非攘我快活而快活者也, 吾輩非替彼悽苦而悽苦者也. 惟當順受隨分而已矣. 第於近日, 每誦‘萬事不由人計較, 一生都是命安排’一句語, 聊以遣日耳.

與某人

馬弔, 豈吾輩手中把捉底物乎? 縱使饒得錢物, 是必從敗家子弟手中來, 是他父母妻兒嘔盡心血者. 苟或自己失却, 則是亦自己父母妻兒嘔盡心血者. 用此花費, 恬不知媿. 豈不可恨乎耶? 爲此戲者, 每每諉之以不耐閑. 嗟乎! 人生此世, 百累牽心, 百務絆身. 此心此身, 惟恐不得暫閑, 何得有不耐閑之理? 若果不耐閑時, 何不欹枕跂脚, 好做一場畫枕耶? 朽木雖不可雕, 猶勝於身名塗地, 領受一世耻辱者也.

答某人

此鄉苦無書籍, 以瞿存齋剪燈新話爲丌上尊閣, 羅貫仲三國演義爲枕中秘藏. 彼故無意於借人, 我亦不擬借於人. 記前年仲春, 偶聞樹上鳩鳴, 因想到月令, 鷹化爲鳩, 或是仲春, 或是季春, 疑思不定. 素知村塾無藏弄禮記者, 轉思曆書每月之下, 抄附月令, 曆書急亦難求, 僅從土校之業涓日者, 傾囊肆考, 以爲大快. 斯鄉之鹵莽, 斯可知矣. 況此鄉無巨室大家, 其主持文雅, 雄視一邑, 惟是府胥之稍黠者, 而彼固帝丽不分, 豕亥惟意, 人無能從而摘發, 則彼卽何所顧憚, 而稍就問學耶? 八九年間, 聞見不出乎具狀起訟, 問難無過乎慮囚議讞, 時時想到秘閣充棟之藏, 名家插架之玩, 邈若天淵, 惟自活歎而已. 客秋, 有寄伯津書云, 人生有二量, 小體食粱肉, 大體食書籍. 兩匱重爲之惻然, 此眞知吾苦境者耳. 是以八九年間, 僕之所著詩若文, 有非消遣時日, 則潦草副急者耳. 何敢作攷校論辨等許大文字, 以取笑乎博雅, 自歸於妄率耶? 昨承問及三十餘條, 若其事出三禮三傳, 及二十一史者, 縱有記念, 一字一句, 猶不敢著之紙墨, 其有無關於事務, 無害於義理者, 隨所記憶, 悉陳無隱. 此亦不可定其必是, 望於說

文玉篇及董越朝鮮賦，顧炎武日知錄等諸書，詳考一番，然後決意聽
用也.

答鄭義錫

讀書見解, 本無定法. 譬如織屛家屛經之或長或短, 屛耳之或疎或密, 惟係乎自己手順眼慣, 稱量製裁, 自然合宜. 假使傍觀終日, 耳提手授, 呶呶然謂之曰: "某經長, 某經太短, 某耳疎, 某耳太密." 若是自己不手順眼慣, 則終是不合宜. 故曰: "空言無益, 自得爲上也."

與某人

  一寒之威, 窮人偏受苦罰. 故衾如鐵木, 枕如石頭, 廁紙如鬼嘯, 虎
子冰凍不可開闔. 終夜夢涉巨川, 手脚凌兢. 朝起, 頓服一盂赤豆粥, 聊
以禦寒, 嗛腐吞酸, 殆不自支. 貴儲尚有薑芽茶, 一團惠及, 至望至望.

與某人

    前夜有一村人, 借宿鄙居土牀, 臨去, 遺下一方敗草薦. 昨夜, 忽覺渾身發癢, 爬搔達曉. 至明見肌理, 隱起作雲頭疹. 方擬服樺皮散, 忽憶昔年寓宿湖南旅舍, 爲蟊蝨所咬, 誤認作雲頭疹. 今日之事, 惟草薦可疑, 試一抖擻, 赤粒紛紛, 流行階除, 不覺 然體粟. 金蠶蠱蟲也, 而尙可嫁送此蝨, 劉之不可盡, 熏灌不效, 禳祓不驗, 除卻一炬火燒盡屋子, 更無他法.

答某人

　　寄來新烟燧石, 良感良感. 此中夜間無寐, 惟以燒烟爲事. 前夜無燈, 又無爐火, 摸循左右, 僅覓火刀燧石. 石僅如碁子, 半年敲磨, 頑如木札. 火絮又不中用, 用力太猛, 誤中拇指, 至今憊痛耳. 日後復以火絮數片見惠, 則尤幸尤幸.

與某人

　早起, 風氣斗涼, 渾身如新脫浴. 且聞門外有賣黃魚聲, 今年又過半矣. 居南今已八年, 頭髮種種, 左齒輔車, 不任咀嚼. 吾生作何事業, 喫何興況, 而遽及此境耶? 近日苦無家信, 聞君有京邸之行, 爲我傳及一書否? 竢回示, 當力疾書付矣.

與某人

　　前夜因階前蛤吠, 竟夜不交睫. 早起令兒曹絞燕麥葉, 作一條小蛇,
投納階石間, 此聲頓止. 且今日道泥快乾, 夜間當有微月. 此際可暫
顧敍話否. 專企專企.

與某人

　　昨日因有惠然之約, 但聞戶外有屐齒聲, 不知幾番顚倒我也. 今日雨益大, 泥益滑, 惟有搘枕晝眠耳. 高麗史第四五冊奉還, 六七冊嗣此借示否.

答某人

　　居鄉俚諺云, "卯酒過量, 爲終日憂. 新窄襪子, 爲三日憂. 醬敗臭逆, 爲終年憂." 此雖瑣說, 切近人情. 昨日喫魚羹, 足下恨醬敗不中喫. 兹有良方, 可以醫治, 人蔘一根, 可重一錢者, 拗折做三四段, 淹置醬甕內, 久久自然回味. 若天雨不盍甕頭, 爲雨水所敗, 則此法亦不效矣.

與某人

　　此間近日瘟疫極熾, 東西南北之隣, 無不僵臥, 亦無不急死, 除卻
上天入地, 無處廻避, 日夕惟是憂惶耳. 似聞京城稍向乾淨, 不但爲
吾一家喜, 爲國家萬幸, 爲人民萬幸. 朝霧五古一篇, 附錄左方, 望賜
評敎耳.

제 3부

원문

匏花屋記

　　洛下生之屋, 高不及一仞, 廣不及九尺, 揖讓則妨帽, 寢處則跼膝.
盛夏之日, 斜光所注, 窓戶爀然. 乃於環墻之下, 種匏十餘本, 蔓蓗芘
屋, 藉其蔭翳, 而蚊蚋棲其暗, 蛇虺蔭其凉, 昏夜屢興, 持燈燭, 巡戶
庭, 定靜則疲於搔痒, 振迅則懼此辛螫. 憂瘁日深, 發爲痎疾, 爲消中
爲痞癖, 見人客, 則具言其狀.

　　客有從洌上來者, 聞言而愍之, 已又述其前日身自歷遭者而告之
曰: "某少也貧, 爲貿遷之事. 凡嶺以南, 津亭驛舍, 窮村小店, 足迹無
不至焉. 若値盛夏之月, 行旅會同, 則其爲令宰使价者, 先據邃閣以
招凉, 所有風廊露牀, 又爲其傔從伍伯所占便, 惟其燠突煖牀, 鑿壁
以燎松明, 刜箒以攘黿蝱者, 爲不爭之地, 而吾曹之所信宿者也. 夜
深則人氣熏蒸, 若鬻鬲之餦餭焉, 亦有狐臭者, 矢氣者, 鼾雷者, 齘夏
者, 疥而爬者, 囈而誩者, 聲態百出, 不可殫迹. 其有觭觬不耐者, 褰
衣綌, 夾薦藉, 徧覓廚棧碓屋牛宮馬皁, 而已四五遷矣. 每見爲逆旅
之傭奴者, 垢首膩面, 俢俢爲牛馬走, 朝暮仰哺于行人之餘, 放飯流
歠, 無不甘之. 旣醉且飽, 偃仰卽寐. 吾曹之向所不耐者, 彼卽安之,

如淒滄之辰, 爽塏之宮, 觀其態色, 則雖襤褸百結之中, 而肌理充實,
無災無害, 以永其天年. 是無它, 彼以其所處爲逆旅, 以爲命分之固
有焉, 無懷忮憂思之勞其情, 而呻吟噫噫之闋其氣. 故能無災無害,
永其天年者也. 且夫今世者, 斯吾養生送死之逆旅, 而逆旅者, 又其
一宿再信之逆旅也. 今吾子旣寓形于斯逆旅之內, 而又遊離窘束, 竄
身窮谷, 是又見居于逆旅之逆旅者也. 彼傭奴者, 不識不知, 徒以逆
旅爲逆旅, 而健飲食, 佚寢興, 寒暑不能害, 疾病不能災, 而吾子守道
順命, 知素履而行者也. 猶且居逆旅之逆旅, 而不以爲逆旅, 而自煎
熬其眞火, 椓害其元氣, 疾病旣興, 危死立至. 吾子所願學者, 昔之聖
哲, 而顧不能如逆旅之爲傭奴者乎!"

　　乃次第其言, 而書之壁, 以爲匏花屋記.

記小池

　　啓小室西寮, 得胡瓜棚, 縱數丈, 高半之, 爲遮返照烘人也. 外鑿小池, 廣輪各三丈, 繚以香蒲, 被以浮萍, 養鯛魚其中, 爲供垂釣, 取適也. 每斜日棲照, 水風清美, 黿黽之潛泳, 蜻蜓之上下, 草花之蘸影, 礓礫之呈耀, 凝神靜觀, 洵可樂也.

　　有翠鳥, 大小類練鵲, 嘴類山啄木, 兩翅作瓜皮色, 夾胒爲蠟滓色, 背毛純碧. 時時掠水, 取魚踰寸者, 飛上瓜棚, 恣食飽訖乃去, 日爲常也.

　　按唐人陸魯望, 有詠翠碧詩一章, 詩曰: '紅襟翠翰兩參差, 徑拂煙華上細枝. 春水漸生魚易得, 莫辭風雨坐多時.' 意此鳥之爲翠碧也.

記小圃

圃圍小室西北, 狹而長, 周行可九十赤, 西繚以土垣, 北以荻籬. 靠
垣有烏枛一樹, 近籬有二樹, 濃陰覆一屋, 籬盡近東, 有含桃一樹, 西
有石榴二樹, 皆子熟最眎者也. 依籬皆蘘荷美箭, 莖葉不甚異, 第高
卑以爲辨耳. 暇日課小嫒, 蒔胡瓜落蘇甘瓠辣茄之屬, 稍暄, 鋪草薦,
依枛樹就蔭, 聽北閘灘聲, 東林布穀聲, 甚樂也.

第稍西爲府衙門, 時時有伍伯呟喝聲, 殊敗人意也. 地最沮洳, 易
凍難解, 種蒔多不熟. 就西鑿小池, 滲其流, 猶不止也. 予之居金官二
十年, 始偩屋. 近惡少家, 意甚不樂. 未浹旬, 復僑寓皁隷房, 未周歲
復買屋, 狎近市行, 最後得此圃, 猶不愜素志. 歲終, 擬於古西門, 買
一草菴以居, 未果也.

遊南浦記

　癸酉歲之秋九月, 天新雨, 日驟凉. 府人金杓踵門而告曰: "向之從
鄕先生遊南浦數矣. 其出皆盛酒食, 飭冠帶. 盛酒食, 則從者蟻附, 謹
譁嗔怒之所由起. 飭冠帶, 則爲篙工賣賞　客之所瞻視, 惟恐行坐
未得當, 竟何所得樂邪? 今復從執事者, 請一反向日之爲, 如何?" 余
亟應曰: "諾." 晡飯訖, 假隣之荻笠芒屨, 約泥雨毋避也. 同行凡四人,
其一擔大酒壺, 壺貯村醪可二斗. 一荷釣竿共三根, 替各人持也. 一
射鴨者, 挾彈具.

　由海西門, 直南行四五里, 抵河家港. 河家事漁釣, 且與杓熟, 假一
艓子乘之. 自此由水路, 港汊極多, 傍皆沮洳生蘆葦. 舟從蘆葦中過,
水皆汚濁有腥氣. 白花黃葉, 瑟瑟然振人衣笠, 間有隱隱咳而問誰歟
者. 釣人之坐曲港灣磧, 候其伴爾. 水禽聞人咳, 皆磔磔群起. 稍前有
艇子從下流, 疾呼曰: "少點篙, 毋相抵觸." 問之, 則村人之之棻山貿
鹽者, 姓沈, 亦與杓熟, 遺松明曁引光數枚而去. 已而月出, 西風大作,
舟中皆瑟縮, 瞬息至浦口, 則天水大明, 驚心駭目, 近者爲躍金爲閃
鏡, 遠者爲玉田爲銀海. 摠之月遇水益澄, 水得風益蕩. 同舟有釣徒,

皆言不數見此也. 大抵浦之勝宜秋, 秋宜夜宜曉, 夜宜月, 曉宜霧, 第大霧不宜出爾. 水禽成陳, 徹夜叫噪, 聲高而亮者, 天鵝也, 宜遠聞, 不讓橫吹也.

浦産魚, 褐色巨口, 霜降後, 宜夜釣. 善釣者, 一夜致數百頭. 余與杓皆不獲一魚. 前夕於河家買一籃, 置船板下, 取斫鱠佐酒. 酒間, 語杓曰: "此間水闊而極漫, 最深不過一二丈. 就水心砌石爲方基, 高二丈餘, 上竪石礎, 視砌石高半之. 架樓廣輪各四楹, 四圍施鉤欄, 中爲曲房欞星窓, 皆貼雲母挂緗簾, 極細如紋縠. 內儲法書名畵茶鑪酒鎗琴碁隱囊, 暨古鼎彝骨董之屬, 畜二女使二書童, 皆嬌小, 解聲詩, 善度曲. 樓下維兩蜻蛉, 有二蒼頭主之, 一通行墟市, 輸致酒脯, 一周流港汊, 日爲弋釣, 供朝晡. 吾生如是足矣."

杓躍曰: "樓當何名?" 曰: "謂水心, 可乎?" "費當幾何?" 曰: "非十萬不可." 同舟皆哂之.

向曉, 潮退風益厲, 舟逆風潮而返, 寸進尺退, 同舟皆力盡喘息. 前夕姓沈之奴, 因收魚霤晨出, 見之駭歎, 合力蕩艣, 抵河家港, 則日高三竿矣. 急覓笠遮頭, 至海西門, 沿途多府中人, 皆駐立指笑之.

庚辰季夏余在東菑田舍, 杓適過余, 語次及昔年暮秋之遊, 酒信筆記之.

舒嘯記

荷于途者, 釋重則嚓, 策于坂者, 就垣則嚓. 積勞旣畢, 快然舒息, 自不覺其聲發驍然也. 今之鄉俗, 所謂舒嘯者, 皆是巳. 茂川徐生, 有田數畝, 在郊外, 築舍田中, 八口爲農事. 間則種蒔花果, 攷校書史, 類非積勞者也, 而命其廬曰舒嘯. 或有請其故. 生曰: "予少也貧, 奉慈親以居, 亦有諸姊妹子侄, 朝哺之需, 寒暑之須, 皆仰予力庀也. 予且不樂嚚噯, 不嗜鮮華者也, 而今爲老掌記, 飾衣帶, 走闡闈, 日規規于絲穀委輸, 簿帳盈胸者, 豈予志也哉? 每予一至是舍, 及于門, 則爽然若九折之就垣, 而偃于室, 則又翛然若萬勻之釋重也, 予亦自不知其一嚓驍然也. 至若披林之夕, 據梧之晨, 激發瀏亮, 爲古木鳶, 爲高柳蟬, 竢予得閑之日, 相忘於絲穀簿帳, 而後炊黃粱烹露葵, 當與吾子一商確也.

錦鷄巢記

權子相扁其寢處之室, 曰錦鷄巢. 余擧似曰: "按錦鷄, 山鷄也, 亦名鵔鸃. 性耿介善鬪, 或以家鷄鬪之, 則可擒也." 子相曰: "我之處於世, 脂韋爲德, 鴟夷爲則, 不與人立異. 矧與非其類鬪狼者邪?" 余曰: "鷄有美毛自愛, 終日映水則溺也." 子相曰: "我之處于荒徼, 魚魯粗辨, 帝虎猶疑. 矧又以文采炫耀者邪?" 余曰: "鷄有吐綬者, 嗉擺肉綬, 紅碧煥爛, 踰時悉斂于嗉下. 雖披其毛, 不復見也." 子相曰: "我少也貧, 布褐不繼, 襤褸不羨, 烏有私儲之不令人知者邪?" 余曰: "鷄有不鳴舞者, 令以大鏡著其前, 鷄鑑形而舞, 不知止也." 子相曰: "我生也, 貌寢而幹小, 豈顧眄自愛, 翶翔自好者邪?" 余曰: "鷄雨雪, 則不下啄, 懼泥淖之見汚, 或至于餓死也." 子相曰: "噫! 是其志也. 我向也潔身修己, 擇地而蹈, 惟懼夫元規之塵, 逸民之波爲我累也. 間爲鄉人謀事, 不意其蹉跌也. 令長以變詐目之, 鄉人以不廉疑之, 我所以寧閉關息交, 至餓死而不悔也." 於是乎余悲其志, 而欽其槩. 旣爲子相扆之, 亦以爲子相子若姪戒也.

書奕碁譜後

余嘗爲碁家五戒說，但爲世之淺見拙手者道. 然人家子若弟，率多犯此五戒，爲儕流訕笑者屢矣.

其一，勿言碁家有河洛秘傳. 孔安國曰："河圖者，宓犧王天下，龍馬出河，遂則其文，以畫八卦. 洛書者，禹治洪水，神龜負文，而列於背，有數至九，因以第之，遂成九類." 夫八卦九類，何與於一先一應，對客消閑之事? 言之者，自歸鹵莽耳.

其二，勿自言高著. 世之夸夫，恥言自己手低. 假有問其能否，則含糊答應，有若手高，而故自歉者. 少頃試之，巧拙當立判矣. 少有見識，斷不爲此矣.

其三，勿爭執白. 俗謂手高執白，又謂年長執白，甚有輕頸沫口，抵死爭執. 余謂得勝者，爲高手，受人敬禮者，爲年長，必不當以執白爲優也.

其四，勿好勝詬怒. 本爲消遣，反興怫怒，甚有提杅撲盒，反目偩僽. 前人詩云，'戰罷兩盒分黑白，一杅何處見輸贏.' 余碁局銘有云，'簞食色見，君子攸恥. 矧茲一推，木石而已.' 知此，則可消除惡習矣.

其五, 勿爲偸手瞞人. 偸無大小, 均是醜行, 君子恥言之. 且善奕者, 類能布置隔年之局, 以其著著有關係, 手手不孟浪也. 殊不知善著者之外若被其瞞過, 其視斯人爲何如也. 噫!

戒馬弔說

不勞四體, 而暴有多錢, 鄙夫恒願. 括人囊篋, 而人不以訾, 奸細所希望. 此馬弔之所由起, 而今之人嗜之, 至死不返者也. 每見世之吝財者, 親朋馳乞米之書, 宗族有尺布之譏, 則輒顰蹙而詈之曰: "我何嘗逋渠物乎? 辜渠恩乎? 何乃侵軼我若是其種種也?" 始或俛勉遜謝之, 末乃駢顏沬口, 麾之不納門牆者, 亦屢矣. 嗟乎! 賙窮乏, 豈盡望報哉? 不爲陰騭, 尙有美名焉爾.

彼苟一入馬弔之場, 惟恐儔侶之議我慳恡有失豪俠之望. 於是乎敲囊錚然, 揚示左右. 甚至祁寒之日, 不問風雪, 夏至之夜, 明燭達朝, 蓬首垢面, 眼瞳紅腫. 縱有些少賺得者, 太半爲膏火酒食之費, 及挈閑人所攘去矣. 若其所失, 則直自己家産耳. 連鏹累鍰, 陸續交付於不仁無義之手, 而它日遇諸途, 彼何嘗有數語之謝, 一杯之報乎? 惟掉臂過之矣. 每見多失錢財者, 正如病渴之夫, 愈渴愈飮, 惟望收功於桑楡, 補缺於箱篋耳. 然彼八十牌葉, 顚倒混雜, 四人迭拈, 本無乩卜. 安望乎向雖失利, 此擧巧湊得采耶? 其初則誑隣里, 求假貸, 賣贗物, 售欺詐. 繼而挈自己家事, 潛自償還, 甚至偸及別人之家, 一爲官

司所訶覺, 綺紈世族, 簪纓冑子, 身被徽纆, 爲世僇辱者, 亦衆矣. 爲
此戲者, 一則曰: "我實不耐閑, 此有秘妙, 聊以遣閑耳." 一則曰: "我
實高手. 向已身致多錢, 未嘗因此敗衄也."

嘻噫! 此說一行, 而世之從而胥溺者, 幾人哉? 夫人之生, 其無父
母者乎? 無君師長官者乎? 無妻孥兄弟奴僕者乎? 其不爲士若農者
乎? 否則工商皂隸流匃者耳. 以若一身供若百務, 汲汲遑遑, 宵度晝
營, 猶懼其不暇給. 烏有不耐閑之理乎? 設謂秘妙之可戀, 遣閑之可
樂, 則捆屨織席, 咸有妙悟, 洵可娛也. 爲票攻掘冢, 而致貲者有之,
爲倚市門, 裕於刺繡者有之, 卒未聞爲馬弔以致富厚也.

且其謂高手未嘗敗衄者, 直妄語耳. 彼嘗始捉此戲, 而遽已高手乎?
必積月屢歲, 習熟以漸矣. 習熟猶恒敗衄, 況未習熟時乎? 彼卽諱言
失利之沮喪, 而夸張得勝之奇快也. 且夫父兄訶之, 長官刑之, 親戚
惡之, 儕友棄之. 縱使一擲而饒得百萬, 百發而永無一失, 猶當盟心
詛口, 攟棄之不暇, 而何苦若風狗之逐雌, 伥伥亟走, 一去而竟忘返
也? 哀哉!

食忌譜序

食忌, 不可不知, 亦不必盡知, 何也? 今夫江海之民, 一入山峒, 認藜蘆爲嘉蔬, 視毒蕈以天花. 山峒之人, 一至江海, 不識三足之鼈, 獨螯之蟹, 俱能殺人. 此食忌之不可不知者也. 蛤蜊忌酸, 而膳人非醯不設蛤. 柿子惡釀, 而賓席用柿下酒, 未聞因此而致疾夭閼. 此食忌之不必盡知者也.

嘗按周禮庖人之職, 夜鳴而庮之牛, 冷毛而毳羶之羊, 赤股而躁臊之犬, 朧色而沙鳴之鳥, 望視而交睫腥之豕, 黑脊而般臂螻之馬. 諸有妨於饍饔者, 皆精致察焉. 是豈必一食, 而便至蹉跌. 第恐日用而遂不致慮, 以至氣血一病, 大命隨危也. 向聞一大官, 侈於服食, 而特甚疑忌. 嘗手揀藥料, 投新木匱中, 忽愕爾曰: "匱纔經鉋刀, 豈置忌鐵者乎? 亟撤去之." 傍觀爲之失笑. 一老兵飲白酒, 必佐以豆腐, 戒以腹脹, 則反笑之, 竟脹發而斃, 過不及, 若是其甚遠哉?

向余撰食忌譜一冊, 若其本草及諸醫方所載, 十去其七八, 其出於田畯里媼, 目擊而口誦者, 五取其三四. 何也? 諸書所載, 只論物性之相惡相反, 向所爲不必盡知者良多. 彼田畯里媼, 惟見適開之食, 急

中之毒, 所謂不可不知者爲不少也. 至如審氣味之升降, 適榮衛之滋
補, 玆不槩論, 爲咸有全書在.

童子鄭寧甲意園山水圖序

凡物之有定形者, 人未之目逆, 而先識其形也. 故雖日星之明, 殿陛之尊, 獅象駝馬之尨大, 牧丹芍藥之組繪, 人不甚驚異, 直謂之偉觀而已. 若其無定形者, 天之於雲霧煙霞, 地之於山川樹石, 皆化工之不恒其式, 惟意造之者也, 由其意無定想, 故造無定體也. 若其小大遠近向背紆直之異態, 淺深濃淡明闇起滅之異色, 無一而可名狀也. 故雖善方物者, 不能措一語也.

繪事者, 體化工之意, 而肖其形者也. 若夫韓之馬, 戴之牛, 包鼎之虎, 徐熙黃筌之花卉, 小李將軍之人物樓臺, 至近世, 若林良呂紀之翎毛, 仇英之白描, 焦氏之蠟絹, 姚氏之指頭木片, 皆其選也. 然由其肖定形也, 故人亦不甚驚異也. 繪山水者, 始于李唐, 嗣後若郭熙王治雲林大癡之徒, 或以靑綠, 或以淺絳, 或以潑墨. 若其烟雲樹石之點染渲烘, 以托起山水之眞形眞態者也. 要之懷抱旣富, 魄力亦大, 悉能用化工意外之意, 寫形外之形者. 故其爲奇峰邃壑異境幽情, 有非浮汎刻畫之倫所可想到也.

達城童子鄭寧甲, 家世儒, 素嗜書籍, 工草楷, 山水之藝, 尤所長

也. 間嘗寄予小景十數幅, 皆結構歷落, 天趣逈發, 向所謂用意外之
意者. 故其胸中所鋪置, 雖至千萬本, 不竭者也. 於是乎知童子之必
自識意園者, 意非它也. 童子自髫齔, 已有聲譽. 今年十五, 志日益篤,
業日益精, 見聞日益廣, 意園之田地, 亦將日益名貴, 則又非予所敢
擬議也.

泰封石筆架記

石之産鐵圓者, 率多竅穴, 大而似甌似鏊, 細而猶箭箟之孔, 質輕虛類瓴甋, 要之不中於樹礎勒碣, 及無太湖堯峯之奇觀焉.

癸酉春, 金州民耕地于府右海西門外, 獲石一片, 形略匾而楕, 傍有觖痕, 前後爲螳穴爲蜂窠, 不下數十百焉. 茗淵許大瞻氏, 修潔好奇者也. 一見而異之, 亟刷滌, 薦之座右. 每佔畢之暇, 明窓淨几, 甁花一當, 閣筆一牀, 顧以樂之, 不異乎紀甗戀鼎之觀焉. 客有啞然笑之曰: "是吾鄕之門庭街巷, 日踐踏不顧者也. 而夫子愛重之, 若鬱林之載, 襄陽之拜, 而殆有甚惑焉. 夫安知球玞燕石, 不爲博雅所耻笑耶?" 茗淵曰: "否否. 今夫崑山之人, 以玉抵鵲, 而古之好玉者, 以爲希世之良寶, 爲蒲穀之璧, 爲黃流之瓚, 爲琬琰天球, 在東西之序, 爲黃琮白琥, 以禮神祇. 外此爲珮爲瑱爲環爲玦. 若其溫栗之德, 肉好之制, 豈立談可盡乎耶? 彼崑山之抵鵲, 卽吾子之日踐踏不顧者也. 以爲希世之良寶, 亦吾刷滌而薦之座右者也. 且夫靑氈, 敝物也, 而名士傳爲美談. 蒲扇, 賤品也, 而時人慕之爭捉. 獨於是石也, 吾子何笑焉? 吾子何笑焉?" 於是乎作泰封石記, 請茗淵書之石左傍紙楄下.

觀豊亭記

西里都生龍珠所居舍, 左有巨樹, 枝格交互, 穹窿如大穹, 廬下砌石爲圓臺, 廣輪可半畝. 每夏秋之交, 爲里人之所萃止, 行旅之所趨息. 前視柳下諸山如䯻䯻, 臺下田疇四平, 秔稻溢望. 方其日影亭午, 濃陰四鋪, 鳩鵲爭巢, 蜩螗亂奏, 卽有織屨者, 績麻者, 携破耒耟, 磨礪鉏耡者, 象戲以賭瓜酒者, 席簀覆笠, 而窮夕齁睡者, 行人之歇擔搖扇, 爲道故土土風鄕諺稼穡魚鹽者, 日遇之於斯. 鄕人郭老卿命之, 曰觀豊亭.

恭惟健陵二十三年春, 因對策應令于北宮之春塘臺, 遂得仰瞻觀豊之閣, 前有稻畦數稜, 時方稚苗刺水, 薰風徐至, 雲光水影, 演漾帘幕間. 乃今於二十七年之間, 漂泊嶺表, 日月屢嬗. 且今夏漢師大旱, 北宮稼穡, 雖未足以供睿覽, 而嶺表之獨占屢豊, 實由民天之憂, 上假雲漢, 使夫君南老饕炊長腰, 羹縮項, 田父野叟, 相與逍遙, 偃臥于豊林爽籟之間, 量晴較雨, 以畢余餘年. 伊誰之賜? 余於是重有感焉. 先是, 有郭生某許生某某, 竝有小詩, 紀其事. 都生悉藏弁, 遇文墨人, 輒披示云.

제 4부

원문

與某人

　　吾曹何可一日不作詩? 若不作詩, 何以捱過此許多長日耶? 僕向在京洛, 每遇良辰美景, 雲物澄鮮, 鳴禽在樹, 則不覺欣然意動, 情與境會, 攤紙把筆, 必欲摹寫一番. 間遇一字未安, 一對未屬, 則竟是自詒伊苦, 反覺沒趣. 是以或未完句, 或未終篇, 輒復委棄, 巾衍紙墨漸多, 時時披閱, 惟自浩歎而已. 落南以後, 十年之間, 目前無可心人, 心中無可心事, 心目所在, 自無可心境界, 則何能作可心詩乎? 此鄉之人, 遇隣里喪死, 不論樵兒牧豎餅飾酒媼, 動費一張紙本, 東西奔馳, 乞為輓詩. 然輓詩何可易作? 或不道出死者名姓居址, 直請作大好詩句, 傍觀為之失笑. 隣里情熱, 俛勉副急. 見其詩, 不知其人, 古或有之. 不知其人名姓居址, 而為賦其詩, 必於吾始有也. 僕平生嗜酒, 酒至數酸, 則心中怦怦者, 稍覺消除, 可以安意作詩. 但此鄉酒價甚翔, 霑脣之費, 動至數十錢. 流人何處得許多常平元寶, 為閒事務消糜耶?

　　近日見家書, 伯津時時寄詩, 數人者亦時時寄詩, 不覺情動神往, 或一日作數十詩, 或一詩易數三藁而不知止. 是猶飢者當食, 渴者當飲, 每每自不知其過量也. 過此以往, 則索然無聊, 廢然僵臥. 南中纔過立夏, 天氣暴熱, 南風大惡, 心懷轉自難抑. 當此之時, 東西摸循, 力求詩料, 非爲作詩, 正爲作好, 聊以遣日也.

記昔者吾友蒲園子, 每言村女採山, 本非苦境, 而念百卉之生芽, 覰春天之遠色, 則至有哀吟而隕涕者. 通衢見月, 本無異景, 而街兒市童, 掉臂群行, 懽然興發, 口自作吹彈聲, 旋唱旋和者, 何也? 由其有感於中, 自不覺其聲發於外也. 此吾人之常情, 而眞乃天地間不琢之詩, 不節之永言也. 此言深得十三國風街謠巷歌之本旨也. 然則詩不要勉强力作, 亦不要許多篇章, 要其感於中而達於外而已也. 以此思量, 僕之居南後詩, 非眞好詩, 正是作好詩, 聊以遣日者也. 第鈔呈數篇, 望吾兄矜而諒之, 非望吾兄評品而稱道之也.

答某人

　　吾人何處得許多大好詩句，番番寫出來，以壓倒時人耶？今人病處，大都必欲作大好詩句，開口以驚座，下筆以壓卷，膽量虛張，心力浪竭，所以今世以爲驚人者，愈巧愈野，愈狠愈醜，反不若平常率易之猶可著手醫治也．杜子美詩云，“爲人性癖耽佳句，語不驚人死不休。”杜公此語，豈謂曾所製作，每篇驚人，且又全篇驚人也乎？蓋謂時時而一句兩句，足以驚人，看他下佳句句字，其意可知耳．淮陰聖於用兵，而一生用奇處，只背水之陣，木罌之渡，一二事而止．羲之蘭亭一帖，醒後百千本，皆不能及，則可知此般驚人伎倆，人不易作，亦世不恒有也．且夫天之驚人者，大麓之雷，灞水之風。而地之驚人者，沈牛之峽，叱馭之坂也．人之驚人者，祝鮀之美，公輸之巧，而物之驚人者，獬廌之角，指佞之葉也．是皆求之千古，而不一見之，求之四海，而不一遇之．苟或日日而有之，處處而有之，則不惟人不以驚，今此世界內，必無如許事理矣．

　　作詩，亦此世界內一段事理，則何獨有理外之理也乎？僕嘗讀韓退之石鼎聯句序一篇，看他侯劉二人，殫心竭力，終不能一句得及軒轅彌明者, 因他二人專欲作大好詩句, 惟恐不能壓倒軒轅, 而軒轅則平心舒氣, 順口呵噓, 自然優過二人也. 第詩不可不求平常, 而亦不可不時時用奇, 以平常, 故奇者愈見其奇. 以見奇, 故平常者, 雖多多而不厭也. 譬如風水家, 見千里行龍, 一處結穴, 以千里行龍. 故知結穴之不易, 一處結穴, 故知行龍之卻不孟浪也. 至如字句結搆諸法, 僕嘗著廣詩則一書, 俱載唐宋元明諸家著說. 第恨不盡脫藁, 不能寄去, 俟來便更示奉報也.

答某人

　　平常無故人，作詩若文，强效宋玉之悲秋，杜甫之憂國，定是摹擬不出，縱復十分摹擬出來，中情迥別，終是不眞，自不能使覽者興愴．譬之悲哀者必泣，啜芥者亦泣，同是泣也，而中情有異，則雖三尺小童，自可辨別也．然則如此君詩藁中阻風尋寺閔旱采葛等諸篇，非眞憂愁詩．吾曹於靑天麗日，談笑而道出者，爲眞憂愁詩．玆有將進酒三篇及春盡日書事十章，臨便覓付，望吾兄鑒之．

答某人

雨亦水也, 而以其施行兩間, 故不謂水而謂雨. 風亦氣也, 而以其鼓動萬物, 故不謂氣而謂風. 然則詩亦文也, 而豈非以有興有比有句有韻, 可以永言, 可以依聲, 故不謂文而謂詩也乎? 詩有詩法, 文有文法, 斷不可胡亂混用. 不爾, 曾子固何以無詩, 杜子美詩序諸篇, 何以殆不可讀耶? 今若曰: "詩卽有興有比有句有韻之文, 則可矣." 正猶謂雨曰水從天降, 謂風曰氣出土囊, 則於義固無傷也.

答朴思浩

　文以理勝, 詩以韻勝, 不易之法也. 詩須如水中月鏡中花, 戱之故在, 捉之不定. 內典所云, 不卽不離, 不粘不脫, 曹洞宗所云, 參活句是也. 至於議論序事, 自別定一體.

答某人

足下謂覰得文章境界, 常如隔一重紗者, 眞名言也. 文章眞有此境, 纔涉一重, 又隔一重, 如剝蔥頭, 愈剝愈在. 此正自家自歉處, 實亦自家大將進處. 不爾, 杜工部何以能晚年漸於詩律細? 王元美何以有弔歸震川文一篇耶? 文章, 直一小技耳. 夫子, 大聖也, 猶謂假我數年, 卒以學易, 可以無大過. 此是夫子自歉處, 實亦夫子做大聖人處, 非如後世禪宗, 觀心面壁, 自謂一朝頓悟者也.

足下於此等境界, 常欲透此一重則可, 如欲終無此一重, 則非惟吾道無此等境界, 正是足下自畫而不將進也. 且夫爲文章, 有如煖湯, 煖過而向冷者湯也, 冷過而向煖者湯也. 但向冷者, 愈往愈冷, 向煖者, 愈往愈煖, 此又漸進漸退之別也.

與尹師赫朴思浩

俄作書付賢輩, 或有問趣之說. 予應之曰: "難言也. 苟勿拘於形, 而理會言外, 則可矣. 韓退之太學聽琴序云, '及暮而退, 充然若有得.' 陸務觀風雨夜坐詩云, '掩書餘味在胸中.' 袁石公有言曰: '山上之色, 水中之味, 花中之光, 女中之態, 雖善說者, 不能下一語, 惟會心者知之.' 盖趣者, 固充然若得者也, 餘味在胸中者也, 色味光態之不能下一語者也. 賢輩見此, 想當一笑領會也.

答某人

若曹所患者, 作賦不卽濃熟, 而吾所慮到者, 旣熟而不可醫也. 生者可使熟, 可使不熟, 熟則永熟而不復生也. 然則若曹所患者, 吾所以猶喜有餘望也.

答某人

荒鄉學究, 作詩若文, 自以爲不下於京華巨擘, 自吟自誦, 慨時人之不或知也. 僕之初到斯鄉, 人有以詩文來示, 乞爲評點者, 余惟是必求余譽稱, 而不求訾議, 則余將凡事容悅, 冀余安頓而已. 來斯諛之, 去者充然自以爲有中於京華好尚也. 於是乎來者踵相繼也. 反不勝其煩, 則又自思曰: 卝樸而求爐鞴, 枉材而求檃括, 人之情也, 而余不惟任之, 又將順而助成之. 豈余忠厚惻怛之意耶? 來斯劾之, 去者怫然舉以爲不當求合於京華好尚也. 於是乎昔之來者, 掉臂而過之, 應接絕稀, 脫然寧靜已有日矣.

蓋詩文體製, 譬猶人之容止態色. 京華荒鄉, 均是人也, 則鼻猶鼻也, 目猶目也, 言笑舉動, 猶言笑舉動也. 然猶京華自京華, 荒鄉自荒鄉, 不可以苟同, 亦不可以苟異. 自京華視之, 則知京華與荒鄉之異, 而自荒鄉視之, 則不自知其荒鄉, 而惟知爲京華耳. 今足下所處, 一年之中, 半鄉半京, 而其所製作, 亦一年之中, 半鄉半京, 則足下必知乎荒鄉之苟居, 而不可以求同, 京華之苟不居, 而不可以不求同也. 知足下通達而閱歷者也, 故言之不諱. 非足下, 則必將騂顏沫口, 索言之不已. 僕亦必不發言, 而至於如是觸忤也.

己庚紀事詩序

己巳歲丁籜翁, 在金陵之茶山草菴, 是歲大旱, 餓莩相續, 流民塞路. 乃著田間紀事詩六篇, 付其胤君學箕, 學箕以示余從兄伯津. 伯津寄余書曰: "籜翁, 今之詞伯也. 詩有風人之旨, 老杜垂老無家之後, 無此作也." 仍以其詩付余.

余惟己巳之旱, 湖嶺惟均, 而籜翁於憂瘋鬱悒之中, 猶其著述卓卓, 可以思, 可以興, 可以懲創而有爲, 使當世之莅州縣者, 各鈔一本, 用爲龜鑑, 則斯民其庶幾矣. 顧余所處止, 亦惟嶺外, 則天災民瘼, 盖略同焉. 獨擣心永歎, 齎志泯默, 使夫天災民瘼之可警可怵可勸可懲者, 悉泯而不傳, 爲可惜也. 仍就所聞見, 撮其事有關於時政風敎者, 得十數條, 詩以諷詠之, 序以詳述之. 始作于己巳季冬, 斷手于庚午孟春, 命之曰己庚紀事, 以寄伯津, 令轉示于學箕, 以達於籜翁, 亦如前日籜翁之詩之委曲示余者矣.

嶺南樂府序

書曰: "詩言志, 歌永言, 聲依永, 律和聲", 此樂府之所以興也. 三代之際, 雖匹夫匹婦街謠巷歌, 皆可以用之房中, 而播之庭縣. 三代以降, 樂亡而歌詩寝盛, 四始之作, 始不與八音相依爲聲. 然嘗歷攷漢魏, 如郊祀之歌饒吹之曲, 子建畫角之弄, 文姬胡笳之拍, 其詞則古, 其旨則微, 其音則瀏亮頓挫, 猶施之搏拊按搉之間矣. 至如唐之白居易, 宋之范成大, 則已不拘聲律, 直言其志, 道其事, 樂府之稱, 徒言而已. 有明李東陽著西涯樂府, 別爲一集, 務欲侔擬前古, 力去平率, 則又不知詩本言志之旨也.

當宁戊辰仲夏, 余有河魚之疾, 日寝臥于因樹屋之西軒. 人有示余鄭麟趾高麗史數篇, 紙墨刓缺, 不堪便讀, 輒沿洄揣摩, 僅解辛禑二年, 合浦軍謂金鎭爲燒酒徒一段意, 黎然大樂曰: "是可以作樂府矣." 繼爲尋繹謏聞, 貢之傍觀, 上自羅代, 下至麗季, 凡爲事屬嶺表, 人係嶺鄉, 則隨遇命題, 逐題成章, 爲日寝久, 篇什良多, 摠以命之, 曰嶺南樂府. 然記誦所及, 考證甚鮮. 是以地廣如尙州, 名碩如安東, 而并闕而無傳. 若其事係本朝, 則旣不能探考事文, 又烏知其不妄誕耶?

謹愼之至, 一不及焉. 至如年代之舛差, 事實之僞謬, 或塗人聽見, 而諉之未詳, 而倂捨之, 或非世談道, 而知其可厭, 而姑傳之. 是在乎通人韻士, 觀過而恕情, 識繆而賞音耳.

向見昔上丁鐸翁流寓湖南六七年, 作爲耽津樂府數十章, 流傳京輦, 薦紳家或訾之曰: "是誠有異才, 有異才, 所以爲不詳, 不當泚之牙頰也." 嗣是而余又作爲若干篇, 使異時流入京輦, 則薦紳家又將以爲如何. 嗟乎! 言之者無罪, 聽之者有好惡, 所謂物由人貴賤者也. 余之作此, 盖不擇乎體裁之正, 聲律之嚴, 只以敍其本事, 達其眞情, 如香山石湖之爲, 則庶矣. 又有望其叶之笙鏞之節, 齒之絺繡之文, 以規媚于薦紳諸君子之列乎也耶?

與某人

近世詩文，當以李參奉朴燕庵爲一代名家．但李詩猶有東人氣味，朴文不具大家手眼，爲可恨耳．蓋此兩先輩胸中無一點黨心，口頭無一句黨議，所以成就得如許好詩文．今世士大夫家，先有黨心涸中，眼目不正，議論不公，何得有那般好詩文發揮出來耶？此亦吾輩不可不知處也．